祝今晚赶路的人身体健康；

愿他的食物能撑到最后；

盼他的狗不会累垮；

望他的火柴总能打着火。

上帝保佑他一帆风顺……

黄金谷

黄金谷

——杰克·伦敦短篇小说选

〔美〕杰克·伦敦 著　　何媛媛 李昂 译

复旦大学出版社

看得见风景的新译本

世界短篇小说大师作品选（文库本）出版说明

独特的翻译塑造作品，塑造译者，也塑造读者。

就像——林少华以优美的中文让读者一直以来爱着一个并不存在的村上春树；潘帕半路出家，从《芒果街上的小屋》辗转到了《最初的爱情，最后的仪式》，举重若轻，如鱼得水。要说全然忠实和"准确"，他们全都不算，起码，林少华背叛了村上原文中的那一部分粗俗；潘帕压根没有经过专业的翻译训练。然而他们的译本有个性、有生命，赢得了广大读者的心。董桥先生说，高等译手是"跟原文平起平坐，谈情说爱，毫无顾忌"。

本次复旦大学出版社出版世界短篇小说大师作品选，本着"年轻人译、年轻人读"的全新宗旨，望在林林总总已出版的世界经典短篇小说选中为年轻读者提供阅读经典的全新体验。本套文库本精选爱伦·坡、马克·吐温、莫泊桑、王尔德、契诃夫、欧·亨利、杰克·伦敦、茨威格、芥川龙之介、菲茨杰拉德这十位短篇小说大师的名篇，邀请一批年轻译者，以他们对作品的理解、对作者语言风格的揣摩，用生动而具时代感、准确而更符合年轻人阅读习惯的中文译出。

也许这套文库本的翻译还无法达到"人约黄昏后"的境界而仅止于"人在屋檐下"，但每一个译本都倾注了译者的热情，渗透了译者的个性。一种令人怦然心动的翻译，不仅仅在于译文谨小慎微的准确性和精确度，更在于它是否同时塑造了作品、译者和读者。

但愿这套短篇小说文库本能带给读者亲切感和阅读价值，也让读者见到与众不同的风光。

生 火

　　这一天在寒冷灰暗中破晓了,极其的寒冷灰暗。此时这个男人离开了育空河的主通道,爬上高高的堤岸,岸上有一条模糊而人迹罕至的道路,向东延伸至茂密的云杉林中。堤岸很陡峭,他在堤顶停下歇了口气,趁机看了看手表。现在是九点。太阳还没出来,连太阳的影子都没有,尽管天上也没有一丝云。这本是晴朗的一天,但万物的面孔上却好似都覆盖了一层不可触摸的阴霾,稀薄的忧郁让这一天更加黑暗,都是因为太阳的缺席。而这个事实并未让此人发愁,他习惯了没有太阳的日子。自从他上次看到太阳已经过去不少天了,他知道还得过去更多天，那令人开心的圆球才会在正南方向的地平线上若隐若现，又马上从视界中下沉。

这个人回头看了看他一路走来的道路。宽达一英里的育空河，躲在三英尺厚的冰下流淌。冰层上积了几英尺的雪。纯白色的积雪在冰冻期形成的冰塞上温和地波动起伏着。向南看也好，向北看也罢，在视线所及的范围内，看到的都是未被破坏的白色，除了一条深色的极细的线正弯转扭曲着，从南边一座覆盖着云杉的小岛上蜿蜒扭转向北，消失在另一座覆盖着云杉的小岛后面。这条深色的细线就是道路——主通道——向南五百英里直通契尔库特山口、戴依，以及盐湖；向北七十英里则能到达道森，继续向北行一千英里就到了努拉多，最终通往白令海边的圣米迦勒，那又要走上一千五百英里。

但是所有这些——神秘的、深远的、细线般的主通道，天空中缺席的太阳，极度深寒，以及它们中存在的陌生与离奇——对这个人毫无影响。并非因为他长期习惯于此。他是这块大陆的新访客，一个奇加克人，这是他在这儿经历的第一个冬天。他的毛病是没有想象力。他对有生命的东西反应迅速，保持警觉，但仅仅是对活物本身，而不能把握其中蕴含的意义。零下五十度意味着非常寒冷。这个事实让他又冷又不舒服，他也只能感觉到这步。他无法去思考他作为一个人通常都会有的弱点，即只能生存在一定的有限的温度范围内；他也不能进一步推想出永生和人类在宇宙中的位置。零下五十度意味着冰霜会带来刺痛的伤害，必须装备连指手套、护耳、鹿皮鞋和厚袜子来对付严寒。除此之外再没有别的想法出现在他头脑中。

他转身向前进，随口吐了口唾沫。他被一声尖厉的、爆炸似的碎裂声给吓到了。他又吐了口唾沫，接着又是一口，这次是向空中吐的，唾沫落到雪地之前就碎裂了。他晓得零下五十度的情况下口水会在雪地上冻结碎裂，但眼下唾沫在空中就破裂了。无疑现在比零下五十度还要冷——具体冷多少他不清楚。但温度无关紧要。他早就定好主意去亨德森溪的左边支流了，那里的同伴整装待发。他们穿过了印第安湾的乡野的分界线，而他那时则迂回绕路，想看看有没有可能在春天把原木从育空河里的小岛上运走。他在六点钟应该能到露营地，也就在天黑后没多久，人们真的会在那里，生起火，准备好热腾腾的晚饭。他把手放到夹克衫里一捆突出的东西上，准备吃中饭。那东西放在衬衣下面，用手帕包裹住，紧贴着裸露的皮肤。这是防止饼干冻结的唯一的方法。想起那些饼干，他愉快地笑了。每一块饼干都被切开，在熏肉的肉脂里浸泡过，并且每一块饼干外都包着厚厚的一片炸熏肉。

他一头扎进茂密的云杉树林中。主通道变得模糊了。白从上一辆雪橇经过至今，已经降下了一英尺厚的雪，他很庆幸自己没有雪橇，轻装上阵。事实上，除了用手帕打包的中饭他身无别物。但他为寒冷感到惊奇。确实很冷，他总结道，并用戴手套的手搓了搓麻木的鼻子和颧骨。他留着浓密的络腮胡子，但脸上的毛发无法保护他的高颧骨，以及深深扎进冰冷的空气里的热血的鼻子。

这个人的身后有只狗在小跑着跟随他。这是一只本地生的大哈士奇，十分像狼的狗，灰色的皮毛，无论是外表还是性情，都与它的兄弟野狼一般无二。这畜生因为严寒而感到沮丧。它明白自己没时间去旅行。它的本性告诉了它比来自人类的判断力更准确的真相。实际上，温度不仅仅低于零下五十度，已经比零下六十度、零下七十度都要冷了。足足有零下七十五度。狗对温度计一无所知，大概在它的头脑中也不会像人一样对眼下严寒的境况有强烈的意识。但畜生有它的本能。它感到一种模糊却险恶的恐惧，这让它顺服并鬼鬼祟祟地跟在这个人的身后，也令它急切地质疑这个人每一个不同寻常的举动，好像它在盼望他来到露营地或者找到个能躲避的地方生堆火。这只狗知道火是什么，也需要火，要不然它就会在雪地下挖个洞，蜷成一团保持温暖，躲开寒冷的空气。

它呼吸出的水汽冻结在皮毛上，形成了细小的冰粒子，尤其是它的下颌、口鼻和睫毛上，都被呼出的气结晶给漂白了。这个人的红胡子同样结了冰，却更坚固。伴随着他每一次温暖潮湿的呼气，冰也越结越多。同时，他还在咀嚼烟叶，嘴上的冰在嘴唇结了个严实，当他吐出汁液的时候都没法把下巴清理干净。结果就是胡子上带有琥珀般的色泽和硬度，结晶越来越长。如果他跌倒了，它就会四分五裂，好似玻璃摔成许多碎片。但他不在意胡子上的附加物。这是在此地嚼烟叶者都需要付出的代价，他在前两次寒流来袭时就领教到了。那两次没有这次冷，他知道，但在六十英里驿站的酒精温度计上，他曾发现它们分别被记录为零下五十度和零下五十五度。

他在水平延伸的树林里继续走了几英里，穿过一大片有黑礁球的平原，走下河岸来到一条小河的冻结的河床上。这就是亨德森溪，他知道自己离河汊还有十英里。他看了看表，现在是十点。他一小时走了四英里，他估测自己会在十二点半到达河汊，并决定在那里吃中饭，以示庆祝。

那只狗没精打采地再次跟在他后面，此时这个人正在河床上摇摇摆摆地走着。以前路过的雪橇留下的辙印清晰可见，而十几英寸的雪已经盖在了上一位赶路者留下的痕迹上。一个月没有人在宁静的小溪上来回经过了。这个人坚定地继续赶路。他没想太多，也没什么可想的，除了他将在河汊吃中饭，以及六点钟来到营地和同伴们会合。这里没有人与他交谈，而且因为嘴上结了冰，他也没法开口。所以他继续单调地嚼着烟叶，增加琥珀色胡子的长度。

有时他不自觉地反复想着，太冷了，他从未经历过如此严寒。他边走边用戴手套的手背去搓颧骨和鼻子。他无意识地这么做着，时不时地还搓搓两手。他就这么搓着，只要一停下来，脸颊马上就麻木了，紧接着他的鼻子也会麻木。他确定面颊给冻坏了，他很清楚，并感到一阵懊恼，为自己没有在冰天雪地里带上一条鼻带而痛苦。一条鼻带可以包住整个脸，保护住口鼻。不过这终究没多大关系。脸给冻僵了算什么？不过是有点疼罢了，从来不会有什么严重后果。

这个人的脑子里空空如也，他观察敏锐，注意着溪流的变化，无论是弯曲处、拐角还是堆积的木材，他一直在密切留意着落脚处。有一次，经过一个弯曲处，他突然向后一闪，就像一匹受惊的马，绕过刚才途径的地方，顺着足迹向后退了几步。他知道溪流已经冰冻到底了——没有哪条溪流能在北极的冬天里还有活水流动的——但他也知道这里有泉水在山坡中汩汩涌出，在雪下和溪流的冰层上流淌。就像他知道它们的危险性一样，他知道最冷的天气也无法让这些泉水结冰。它们是陷阱。它们在雪下隐藏了可能深达三英寸深的水塘，也可能是三英尺。有时半英寸厚的冰覆盖在它们上面，有时则是雪。有时水层和冰层交替重叠，一旦踩破陷进去，水可能会没到腰部。

这就是为什么他如此恐慌地闪避着。他感到脚下的弹力，也听到白雪覆盖下的冰层的破裂声。在这种温度下打湿脚就意味着麻烦和危险。至少会耽误时间，因为他将被迫停下来生火。当他烘干袜子和鹿皮鞋时，得借着火来保护裸露的双脚。他站在那里研究河床和河岸，判断出水流向右边流去。他思考了一会儿，搓了搓鼻子和面颊，接着向左边绕着走，轻手轻脚地迈步，测算着每一步的分量。一旦扫清了一处威胁，他就猛嚼一口烟叶，以时速四英里的步法蹒跚前进。

在接下来两小时的路程中他几次碰上了类似的陷阱。隐藏的水塘上面的积雪通常有些凹陷，看起来像白糖，却预示着危险。有一次，他侥幸才得以逃脱，还有一次,前方疑似有危险,他强迫狗在前面开路。狗可不想过去,它畏缩不前,直到这个人撇下它,自己往前走,它跟着快速地穿过了这片白色的、未经破坏的雪地。突然间它跌进了冰层里,它挣扎到一边,爬上了更坚固的立足处。它的前脚前腿都湿了,腿上的水几乎瞬时间就结成了冰。它迅速地努力把腿上的冰舔干净。这就是天性使然。让冰继续留在那意味着腿会溃烂。它并不清楚这点,它不过是服从着体内最深处唤起的神秘的提示。这个人却晓得利害,就此做出了判断,他脱掉右手的手套,帮狗弄掉冰粒。他还没让手指暴露在外超过一分钟,就为快速侵袭手指的麻木感到吃惊。确实是冷啊。他匆忙戴上手套,用手猛敲自己的胸膛。

十二点是这一天最明亮的时候。但太阳还是在太遥远的南方,无法在它冬天的行程中照亮地平线。地面上突起的山丘把它和亨德森溪分隔开,这个人走在正午明朗的天空下,没有留下影子。十二点半,他准时到达河汊。他对自己的速度很欣慰。如果保持这个速度,六点钟肯定能和同伴在一起。他解开夹克衫和衬衣,拿出他的中饭。这一串动作花了不超过十五秒,可即使在这么短的时间里他暴露的手指还是麻木了。他没有戴上手套,而是用手指在大腿上猛拍了十几下。接着他坐在一根覆盖着白雪的原木上开始吃饭。手指在大腿上拍击造成的刺痛感消失得很快，这令他吃惊不已。他都没有机会吃一口饼干。他反复敲击指头，再把它们戴进手套中，裸露出另一只手来吃东西。他试图咬上一口，但冰冻的嘴巴阻止了他。他忘记生火来解冻了。他为自己的愚蠢轻声笑起来，当他笑的时候他注意到麻木感爬进了暴露的手指里。同时，他也注意到当他坐下时，先侵袭到脚趾的刺痛感已经蔓延开来。他想知道脚趾到底是暖和的还是麻木的。他把脚趾伸进鹿皮鞋，然后明白它们也冻麻木了。

他赶紧戴上手套，站起身。他有些恐慌，来回跺脚直到脚上重新感到刺痛。确实是冷啊，他想。那个从硫黄湾回来的人说过真相——这个地区究竟有多冷。那时他却在笑话他！这说明人不能对某事太确信啊。没有任何错误，确实很冷。他来来回回地大步走，用力地跺脚甩膀子，直到再次确认身体回暖为止。接着他拿出火柴继续生火。他在灌木丛中找到了生火的木材，都是以前泉水在高水位时冲来的已经风干的嫩枝。他小心翼翼地开始工作，很快生起了一堆旺火，他在火上烤化了脸上的冰，并靠着火吃起了饼干。此地的寒冷在此刻被打败了。那只狗满意地待在火边，它伸展开身体，与火保持着距离。

这个距离既足够近到获得温暖，又足够远到不被烧到。

当这个人吃完，他装好烟斗，舒服地抽起了烟。接着他戴上手套，拉下帽子上的护耳紧紧贴住耳朵，顺着左边的支流前进。那只狗很失望，渴望回到火堆边。这个人不知道冷。也许他的祖辈们都对寒冷，真正的寒冷一无所知。但狗是知道的，它所有的祖先都知道，它继承下了这些知识。它还知道在这么可怕的冷天里在室外走路是很糟糕的。这个时候就该在雪地里打个洞，舒舒服服地躺进去，等着大片云幕遮住这片寒冷的天空。另一方面，这只狗与这个人之间没有太亲密的关系。狗不过是给人辛苦做工的奴隶，它受到的唯一的爱抚就是鞭打的爱抚，以及用严厉恐吓的嗓音发出鞭打的威胁。所以这只狗一点也不想把它的担忧传达给这个人。它丝毫不关心人的安危，它只是为自己着想才渴望回到火堆边。但这个人吹起口哨，边用鞭子抽它边对它吼着。这只狗只好摇摇摆摆地跟在人的后面。

这个人嚼了一口烟叶，继续打造出新的琥珀色的胡子。同时，他呼出的潮气很快就在胡须上、眉毛上，以及睫毛上变成白粉。亨德森溪的左侧支流看来没有很多暗泉，这个人半个小时都没看到有任何暗泉的迹象。接着事情就这样发生了。在一个没有任何征兆的地方，柔软而未被践踏的雪层似乎在告知它下面很坚固，这个人踩穿了冰面，掉进水里。水并不深，他只打湿了膝盖下的半条腿，接着他就挣扎着爬到坚固的地方。

他很生气，咒骂起自己的霉运。他本希望能在六点钟在露营地与同伴们相会，这下他得耽搁一个小时了，因为他得生火来烤干鞋袜。在低温的环境下这是必须做的——他对此一清二楚，便转身爬到河岸上。在岸顶，有一些高水位时留下的干木柴纠结在灌木丛和一些小云杉树里——主要是树枝和嫩枝，也有相当大一部分是风干的大枝子和纤细的去年的干草。他把一些大的木片扔到雪地上作为基础，防止新生的火苗在融化的雪水里熄灭了。他用火柴在口袋里掏出的一小块桦树皮上面划了一下，生起了火。树皮比纸更容易着火。他把它放在木片根基上，往新生的火焰里添了一束干草和最细小的嫩枝。

他缓慢而认真地干着，敏锐地觉察到他的危险。火焰渐渐旺起来，他往火里添的枝条也变大了。他蹲在雪地上，把嫩枝从灌木丛的纠缠中拉出来，直接丢进火中。他知道不容有失。在零下七十五度的天气下，一个人第一次生火的尝试不能失败——如果他的脚是湿的。假如他的脚是干燥的，即使没能生起火，他还可以跑上半英里，让血液重新循环。但在零下七十五度的环境中，无法靠跑步来让潮湿冰冻的脚里的血液循环起来,不管他能跑多快,潮湿的脚都会冻得愈加僵硬。

这个人全都明白。那个硫黄湾的过来人去年秋天曾经告诉过他这些,现在他很感激那些劝告。脚上已经什么感觉都没有了。为了生火,他不得不再次脱下手套,手指很快就麻木了。他每小时四英里的速度令他的心脏把血输送到体表和四肢。但一旦他停下,输血的行动就放缓了。严寒侵袭着这个星球上没有防护的小角落,他正处在这个小角落中,忍受着寒流的全方位冲击。体内的血液在寒流来临前就退缩了。血液是有生命的,就像那只狗,也像狗一样希望躲起来,把自己包裹住,抵御可怕的严寒。他以四英里的时速走了这么久,血液也被乱七八糟地输送到体表;但现在它退却了,沉入他身体的深处。四肢首先感到了血液的缺席。他潮湿的脚冻结得更快了,而暴露的手指则更快地麻木了,尽管它们还没被冻僵。鼻子和面颊则已经冻僵了,身体的皮肤冰冷,仿佛失去了血液。

但他是安全的。脚趾、鼻子和脸颊只是被冰霜碰了下而已,因为火焰已经开始发威。他把手指一般大小的细枝投进火里。下一分钟他就可以用手腕一样粗的树枝来生火了,再接下来他可以脱掉潮湿的鞋袜,一边烘干它们,一边把裸露的双脚在火边烤暖和,不过首先得用雪来搓一搓,这是当然的。火生起来就成功了,他安全了。他记起硫黄湾的过来人的忠告,笑了起来。那个前辈过于认真了,他差不多是在颁布法令,不允许有孤零零的一个人在零下五十度的天气下在克朗代克地区行路。好吧,他自己现在好好的在这里,他出了意外,他形单影只,但他救了自己。那些过来人中有些家伙实在是太婆婆妈妈了,他想。在这种情况下一个人能做的唯有保持头脑清醒,他是对的。任何一个男人,只要是个爷们儿,都可以独自赶路。但脸颊和鼻子冻结如此之快真是太令人惊讶了。他也没料到自己的手指会在如此短的时间里失去了生命力。它们毫无生命力,以致他连把手指并在一起去握一根细枝几乎都做不到,它们好像远离了他的身体,也远离了他。当他触碰一根细枝时,他得看看是否能握住它。连接身体和指端的神经几乎中断了。

这些都无关紧要。这里有火堆,火焰闪着光,发出爆裂声,每一个跳跃的火苗都保证了生命的继续。他开始解开鹿皮鞋。它们表面覆盖着冰,厚实的德国式袜子就像铁打的外壳裹在膝盖下面;而鞋带就像被大火烧过后扭曲多节的钢条。他用麻木的手指用力往下脱了一段时间,接着,他认识到这样做很蠢,便从刀鞘里抽出刀来。

但当他砍断这些"钢条"前,意外发生了。都是他的过错,或者说,是他的过失。他本该把火生在云杉树下的,他本该把火生在空旷地的,虽说从灌木丛中抽出嫩枝并把它们直接丢进火里是要容易些。现在他身旁的那棵树的大树枝上承载了很重的雪,几周没有刮过风,所以每根树枝上都积了超负荷的雪。每一次他抽出一根嫩枝的同时,都对这棵树起了轻微的搅动——极其轻微的搅动,他察觉不到,但这种搅动足以酿成一场灾难。这棵树上较高的一根树枝倾倒下它的积雪,落到下面的树枝上,令它们也倾覆了。这个过程在持续,扩展并牵涉到整棵树。就像一场雪崩,积雪落下时根本没有向这个人和火堆发出警报。火被完全浇灭了!原先火焰燃烧的地方覆盖着一层新鲜的碎雪。

　　他虎躯一震,好像听到了自己的死刑判决。他坐着,盯着火堆的遗迹看了好一阵子。然后他变得冷静了。也许那个硫黄湾的过来人是正确的。如果有个同伴和他一起赶路的话,他现在也不会有什么危险了。同伴可以帮忙生火。这下好了,他得重新生火,第二次机会更不容有失。即使成功了,他也非常可能失去几个脚趾。眼下他的脚肯定被严重冻伤了,而且生起第二堆火还需要不少时间呢。

这就是他想到的，但他没有干坐着去细想它们。他一直在忙着，这些念头不过是在脑海里一闪而过。他为生火重新弄了一层地基，这次是在空旷地，再没有靠不住的树会把雪落在上面。下一步，他从高水位的遗留物中收集了一些干草和细小的嫩枝。他无法收紧手指把它们抽出来，但他可以一把抓出它们。他用这种方式获得了一些腐烂的细枝和少量绿苔藓，并不很适合生火，但已经是他能弄到的最好的材料了。他有条不紊地工作着，甚至收集了一把比较大的树枝，留待等会儿火旺起来时用。那只狗一直坐着看他，它的眼里有一些渴望的眼神，因为它把他视作火的供应者。火慢慢烧起来了。

　　准备就绪，这个人把手伸进口袋去拿第二块桦树皮。他知道树皮就在那里，尽管指头不听使唤了，他还可以在摸索时听到树皮清脆的沙沙声。他尽可能地尝试了，但还是没法抓住它。他的意识中一直都知道每时每刻他的双脚都在受冻。这种想法令他恐慌，但他与之斗争着，并保持冷静。他用牙齿把手套戴上，来回甩着膀子，用最大的力量把双手在身体两侧敲打着。他坐着这么做，又站起来这么做；那只狗一直坐在雪地上，狼一样的尾巴暖和地环绕着身体，包住了前脚，当它看着这个人的时候，如狼般尖利的耳朵专心致志地向前探去。而这个人在敲手甩臂的时候,很嫉妒地看到狗能用天生的遮盖物给自己保暖。

过了段时间,他感到被敲打的手指里第一次传来了很遥远的感觉。微弱的刺痛感愈加强烈,直到变成折磨人的刺痛,但这个人很满意地欢呼起来。他脱下右手的手套,拿出桦树皮。暴露的手指很快再次变麻木了。接着他拿出一捆硫黄火柴。然而极度深寒已经夺取了他手指的活力,他努力着想把一根火柴与别的火柴分离时,整个火柴捆都掉进了雪里。他试图把它从雪中捡起来,却失败了。坏死的手指既不能触碰也不能紧抓。他很小心。他把对冻坏的脚、鼻子、脸颊的思绪从脑海中清除,全部心神都用在火柴上。他盯着,用视觉代替触碰,当看到手指盖在火柴捆的各边时,他收紧了手指——确切地说,他想要收紧它们,但是神经已经坏死了,手指不听使唤了。他戴上右手的手套,把手在膝盖上猛击。接着,他用两只戴了手套的手舀起夹带了些雪的火柴捆,放到膝盖上。他无法做得更好了。

经过一番努力,他把火柴捆夹在了两手底部之间。又这样把它移到嘴边。他用力张开嘴,嘴上的冰裂开来,发出"啪啪"的声音。他把下嘴唇包住下牙向里收,上嘴唇向外伸,想用上牙刮开火柴捆,分离出一根火柴来。他成功地弄出了一根，它掉到了膝盖上。他无法做得更好了。然后他改进了方法。他用牙叼起它在腿上摩擦。他接连擦了二十次才成功点燃火柴。他用牙把燃烧的火柴叼向桦树皮。但燃烧的硫黄钻进了他的鼻孔和肺里，弄得他咳嗽了好一阵。火柴掉在雪里熄灭了。

硫黄湾的过来人是正确的，他一边克制住接连不断的绝望之情一边这么想着：零下五十度，一个人需要一个同伴一起赶路。他敲打着双手，但没能刺激起任何感觉。突然间他用牙除掉手套，把双手露出来。他夹起两手间的整个火柴捆。胳膊上的肌肉还没有冻结，使他能够用两手底部紧紧夹住火柴。接着他在大腿上摩擦着火柴捆。火光熊熊，一次点燃了七十根火柴！没有风吹灭它们。他把头转向一边，躲开呛人的浓烟，并把火柴捆凑到桦树皮边上。当他这么做时，他发现手上有了感觉。火烧到了肉。他能闻到味道，在皮肤表面之下很深的地方也有着感觉。接着这种感觉变成了剧痛。他仍在忍受着，笨拙地将火柴之火凑到树皮上，却并不容易点燃它，因为他自己烧着的手挡了路，绝大多数火焰都烧在手上。

最后，他再也受不了了，手掌猛地抽搐了一下，燃烧的火柴掉进雪里，发出"嗞嗞"声，不过树皮终于引燃了。他开始把干草和最细小的嫩枝放在火苗上。他无法捡拾和选择,因为他得用两手底部去夹起燃料。小片的朽木和绿苔藓附着在嫩枝上,他尽可能地用牙齿清除掉它们。他小心又笨拙,无比爱惜这火苗。它意味着生命,不能熄灭。体表血液的收缩令他现在开始打寒战,也令他更加笨拙。一大块绿苔藓笔直地掉到小火苗上。他试图用手指把它拨开,但身体的颤抖令他拨得太远了,分散了小火苗的燃烧中心,燃烧着的干草和嫩枝分散开来。他又试着把它们拨到一起,但不管他神经绷得有多紧张,颤抖的身体背叛了他,嫩枝无可救药地分散四处。每根嫩枝冒出一阵烟后就熄灭了。火的供应者失败了。他冷漠地四下看看,偶然间发现了那只狗坐在他毁掉的火堆遗迹上,它在雪地里心神不宁,弓着身子,轻轻地抬起一只前脚,然后又抬起另一只,把身体的重量轮流加到它们上面,它急切地盼望着。

看到了狗,他的脑海里随之产生一个野蛮的主意。他想起一个人的往事,那个人被困在暴风雪里,他杀了一头牛,然后爬进牛的身体里,就这么得救了。他自己可以杀掉狗然后把手放进温暖的尸体里,直到麻木感消失。接下来他就可以生火了。他对狗嚷着,让它过来;但他的声音里有一种陌生的恐惧,令这畜生害怕,它从未见过这个人以前这么说过话。出状况了,它多疑的天性嗅到了危险——它不知道具体是什么危险，但晓得在某时某处会有危险，它的头脑中产生了对这个人的恐惧。它无精打采地耷拉着耳朵来回应这个人的声音，它心神不宁，弓着身子，交替抬起前脚的动作更明显了，但它没有向这个人走去。他跪下去，手和膝盖着地向狗爬去。这个不寻常的姿势再次唤起了狗的怀疑，它向侧面小跑逃开。

这个人坐在雪地上，拼命让自己冷静下来。然后他用牙齿戴上手套，站起身。他首先朝下看了看，确定自己真的站了起来，因为双脚失去了感觉，地面与他不再相干。他直立的姿势让狗打消了怀疑，当他蛮横地用威胁要鞭打的声音说起话时，这只狗表现出习惯性的效忠，并向他跑去。它一跑进够得到的距离内，这个人就失控了。他张开胳膊扑向狗，但他莫名惊诧地发现自己的双手无法紧握，既不能弯曲，手指也没有感觉。他忘记了它们冻结的时刻，而且冻得越来越厉害。这一切都发生的那么快，在那只狗能跑掉前，他都用双臂环箍住狗的身体。他就这么抱着狗坐在雪地里，而狗一直"呜呜"地咆哮着，奋力挣扎。

但他只能这么做了，用双臂抱住狗坐在那里。他认识到自己没法杀掉这条狗，毫无办法。无助的双手既不能拔出也抓不住他的刀，更不用说掐死这畜生了。他放开它，它狂野地窜出去，依旧咆哮着，把尾巴夹在腿间。

它在四十英尺远的地方停下，好奇地窥视着他，如狼般尖利的耳朵向前探去。

这个人往下看自己的手，只有这样才能发现它们的位置。他看到它们挂在手臂的尽头。他感到震惊，真是奇怪透顶，一个人需要用眼睛去寻找自己的手在哪里。他来回甩着膀子，在体侧敲打双手。他这么用力地做了五分钟，心脏把足够多的血液输送到体表，让他停止了颤抖，但没有唤起双手的感觉。他产生 种印象：它们就像是挂在手臂尽头的重物，他想摆脱这种印象，却做不到。

迟钝而压抑的对死亡的恐惧无可避免地降临到他身上。这种恐惧很快变成了锥心的痛苦，他意识到问题不再仅仅是冻伤了手指和脚趾，或是失去双手双脚，而是到了性命攸关的阶段了。这让他十分惶恐，他转身来到河床上，沿着古老，暗淡的路径奔跑。那只狗跟在后面紧追着他。他盲目地跑着，没有目的地，感到了一生中从未有过的恐惧。

他在雪地上踉踉跄跄地跑着，渐渐地，他又开始看见东西了——溪流的堤岸，堆积很久的木材，没有叶子的白杨，以及天空。奔跑让他感觉好些。他没有发抖。也许只要他一直在跑，双脚就会解冻，总之，只要他跑得足够远，他就可以来到营地与同伴会合。他无疑会损失掉几个手指和脚趾,乃至脸上部分器官,但同伴们会照顾好他,当他到达时会挽救他的残躯。与此同时,他的头脑中又产生了另一个念头:他再也无法到达营地见到同伴了,路还很远,严寒令他受到很大伤害,他很快就会冻僵并死掉。这念头一直在脑海里盘旋,他反抗着不去想它。有时它会袭来,在他耳边诉说,然而他都弃之不顾,努力去想别的事情。

他很奇怪,用冻得如此厉害的双脚奔跑,当它们冲击着地面并承载着身体的重量时他却无法感到它们的存在。他似乎是从地面上掠过,却与大地没有任何接触。之前一次他在别的地方见过有翼的神使墨丘利的塑像,他想知道墨丘利在地面滑翔时是否和他有一样的感觉。

他想一路跑到营地见同伴的念头有个缺陷:他缺乏耐力。他摇摇晃晃地跑了几次,最终跟跄着垮掉了,摔倒在地。他试图站起来,却失败了。他决定必须坐下歇一会儿,然后就一直走路好了。当他坐下重新呼吸时,他注意到自己有很温暖很舒服的感觉。他没有打寒战,胸腔和躯干里甚至还有一股暖流。但他触碰鼻子和脸颊时,还是没有感觉。奔跑无法令它们解冻。手脚也一样没解冻。接着,他想到身体受冻的部分肯定是一直在扩展。他试图摆脱这种思想,忘掉它,想点别的事情,他很清楚这种感觉带来的恐慌，他害怕这种恐慌。但想法挥之不去，一直存在，直到它制造出一种他的身体完全被冻结的幻象。太过分了，他又一次狂奔起来。他中途减慢速度走了几步，但被冻僵的想法驱使他再次跑起来。

那只狗一直跟着他。当他第二次倒下时，它卷起尾巴包住前脚，坐在他前方，带着热切而有意味的好奇的眼神面对着他。这畜生的温暖和安然令他很恼火，他咒骂着它，直到它为了缓和形势而耷拉下耳朵。这次他很快就打起了寒战。他在与冰霜的战斗中败下阵来。严寒钻进了他身体各处。对寒冷的想象驱使他继续前进，但当他趔趄着一头栽倒时，才跑了不超过一百英尺。这是他最后的恐惧了。重新开始呼吸并控制住情绪后，他坐起来，要死得有尊严的想法出现在头脑中。但这念头并非一本正经地出现，他给自己开了个玩笑，自己好像一只砍掉了头的鸡在飞跑——很像自己现在的处境。好吧，他已经给寒冷包围了，那么就坦然面对吧。伴随着这个平和的新生的念头，朦胧的睡意出现了。他想到一个好主意，用睡眠迎接死神。就像打了麻药，冻死也不像人们想象中那么可怕。比这更悲惨的死法可多了去了。

他想象出第二天同伴们发现他尸体的场景。突然间，他发现自己跟随着他们，顺着路寻找他自己。接着，他仍跟随他们，在道路的拐弯处发现他自己躺在雪里。他不再属于自己，在那时他脱离了自己的躯壳，和同伴们站在一起，看着雪地里的自己。的确很冷啊，他想着。回到美国后他可以告诉大家什么才是真正的寒冷。他又看到硫黄湾的过来人的样子。他清清楚楚地看到他，暖和又舒服地抽着烟。

"你是对的，老家伙，你是对的。"这个人冲着硫黄湾的过来人喃喃地说道。

接着，这个人就进入了此前似乎从未经历的最舒适最惬意的睡梦中。那只狗面对他坐着，等待着。短暂的白天在漫长的暮色中渐渐结束。没有迹象表明会有火生起来，而且，这只狗从未见过这个人这么坐在雪地里却不生堆火。随着夜幕降临，对火的热切渴望驱使它大幅度交替抬起双脚，低声发着牢骚，然后耷拉下耳朵，等待着被这个人责骂。但这个人依旧无言。过了会儿，狗大声吠叫起来。又过了一会儿它爬近到这个人身边，嗅到了死亡的气味。这让它毛发竖立，向后退去。它呆了一小会儿，冲着在寒冷的天空中跳跃舞蹈并闪闪发光的星星号叫。然后它转身，向着它认识的营地的方位小跑起来，那里还会有别的人供应食物，生起火堆。

为赶路人干杯

"把它倒进去。"

"我说,基德啊,这样不会太烈了吗？威士忌加酒精已经够厉害了,你要再加上白兰地、胡椒酱还有……"

"倒进去！到底是谁在调潘趣酒啊?"马尔姆特·基德在蒸汽的云雾后亲切地微笑着说,"伙计,当你在这个地方待得跟我一样久,总是靠猎兔子捕鲑鱼来过日子的时候,你就会知道,每年只有一次圣诞节。没有潘趣酒的圣诞节呀,就好比把洞都挖到了岩床上却还没找到金矿矿脉的影子"。

"一点不错",大吉姆·贝尔登很赞成基德

说的。他是从他在马奇·梅的领地来这儿过圣诞节的。人人都知道他过去两个月就靠吃驼鹿肉度日。

"你还没忘记咱们在塔纳纳河边配的那种烈酒吧,啊哈?"

"嗯,没错儿。伙计们,要是你们看见整群人只因为喝多了用糖和酸面团酿的酒就去寻衅找事儿,心里都会很爽的。那还是你出生前的事了。"马尔姆特·基德转身对斯坦利·普林斯——一位在这里待了两年的年轻的采矿专家——如是说。

"那时这一带没有一个白人妇女,梅森却想结婚。露丝的父亲是塔纳纳部落的首领,他和部落其他成员都反对这门亲事。酒很烈是吧?哦,我把我最后的一磅糖都用上啦,这可是我这辈子配的最好的酒了。你们要是看到那次追逐就好了,顺着河追啊,都穿过水路联运线了。"

"可那个印第安女人呢?"路易·萨瓦问道。他是个高大的法裔加拿大人,对基德的故事很感兴趣。因为去年冬天他在"四十英里"站时就听说了这桩疯狂的举动。

马尔姆特·基德,这个天生健谈的家伙,于是毫不掩饰地讲起了这个北方的洛钦瓦尔的故事。到北方来闯荡的粗鲁的冒险家们听到这儿不由得心头一紧,他们心不在焉地怀念起阳光明媚的南方牧场,那里的生活比起与寒冷和死亡的无益搏斗总要丰富些。

"我们在第一次融冰之际走上了育空河",基德将故事收尾,"她部落的人只比我们慢了一刻钟。但我们得救了,因为第二次融冰冲散了上游淤积的冰块,拦住了追兵。当他们最后来到努克鲁基艾托时,全站的人都准备好迎接他们了。至于结婚的事儿,问问在座的鲁波神父好了,他是婚礼的主礼"。

这位耶稣会士从嘴里拿下烟斗,只用主教式的微笑表达了他的喜悦与满意之情。这时在场的新教徒与天主教徒都热烈地鼓掌。

"我的上帝!"路易·萨瓦突然叫起来,这段浪漫传奇似乎让他很感动,"小不点的印第安女人啊!我勇敢的梅森啊!我的上帝!"接着,大家传递起用锡杯盛着的潘趣酒,"拦不住"的皮特斯跃起身唱起了他最爱的祝酒歌:

> "有个亨利·沃德·比彻尔,
>
> 还有几个主日学校的教员儿,
>
> 全喝了黄樟根酿的酒儿,
>
> 可你照样可以打个赌儿,
>
> 如果这酒有个名儿,那就是禁果的原汁儿。
>
> 噢,那就是禁果的原汁儿!"

醉鬼们都喧闹地合唱起来：

"噢，那就是禁果的原汁儿！

可你照样可以打个赌儿，

如果这酒有个名儿，那就是禁果的原汁儿。

噢，那就是禁果的原汁儿！"

马尔姆特·基德可怕的混合酒起作用了：宿营的人与过路投宿的人全在亲切热闹的气氛中借着酒劲围着桌子开玩笑、唱歌，诉说着过去的冒险经历。来自十几个国家的外乡人互相敬酒。英国人普林斯为"山姆大叔、新大陆早熟的婴儿"干杯，美国佬皮特斯则为"女王、神佑女王"干杯，萨瓦则和德国商人迈尔斯为阿尔萨斯和洛林互相碰杯致意。

这时，马尔姆特·基德站起身，手拿酒杯，向结了三英寸厚霜的油纸窗外扫了一眼："祝今晚赶路的人身体健康；愿他的食物能撑到最后；希望他的狗不会累垮；他的火柴总能打着火！"

啪！啪！他们听到熟悉的狗鞭交响曲，马尔姆特的狗群的咆哮，以及雪橇靠近木屋的嘎吱嘎吱的声音。交谈停下了，大家都坐等下面会发生什么。

"是个老江湖，先顾狗再顾人啊。"马尔姆特·基德小声地对普林斯说。他们听到狗猛咬东西，如狼似的咆哮以及痛苦的犬吠声音，这些声音都向他们经验丰富的耳朵表明，门外的陌生人正在赶退他们的狗，同时喂饱自己的狗。

预料中的敲门声终于传来，声音急促有力，接着进来了个陌生人。灯光让他目眩，他在门口停了片刻，这给了大家一个端详他的机会。他是个引人注目的人，穿着一身羊毛皮制的北极服装，好像图画中的人物。他有六英尺两三英寸高，宽阔的肩膀与厚实的胸膛比例匀称，刮得干干净净的脸庞被冻成粉色而略微有些发光，他长长的睫毛和眉毛上挂着白冰，大狼皮帽的护耳和护颈部分蓬松地敞着，真像一名从黑夜里跃出的冰霜之王。他的厚呢绒夹克外面紧扣着一条子弹带，上面挂着两把大号柯尔特式左轮手枪和一把猎刀。此外他手里还拿着一根必不可少的狗鞭，背着一杆口径最大、式样最新的无烟来复枪。当他走近时，尽管脚步仍旧稳重而灵活，可大家都发现他很疲惫了。

在一阵尴尬的沉默中，陌生人热情地招呼道："我的朋友，你们好啊！"这让大伙很快就放松下来。随后马尔姆特·基德和他紧紧握住手。虽然他们从未谋面，但都久仰对方大名，一见面就相互认出来了。客人还未说明来意，主人就把众人全都介绍给他，并把一大杯潘趣酒硬塞到他手中。

"有一辆三个男人赶着八条狗拉的柳条雪橇，过去多久了？"陌生人问道。

"都过去两天了。你在追他们吗？"

"是的，那是我的狗队。那三个狗日的简直是在我眼皮底下把它们赶走的。我已经追他们两天的路程了，再追一程就能追上他们了。"

"我猜他们会和你大战一场吧？"贝尔登为让谈话继续下去而问道，因为此时马尔姆特·基德已经把咖啡壶放到了炉上，忙着煎熏肉和驼鹿肉。

陌生人意味深长地拍了拍他的左轮手枪。

"你什么时候离开道森的？"

"十二点。"

"昨晚吗？"贝尔登想当然地问道。

"今天中午。"

周围的人都惊奇地窃窃私语。因为现在正是午夜时分，花十二个小时在难走的冰河上奔驰了七十五英里，这可不是能嘲笑的事。

不久他们的谈话就变得不只是关系陌生人了，大家都回忆自己的童年。当这个年轻的陌生人在吃粗陋的饭食时,马尔姆特·基德聚精会神地打量他的脸庞。没花多长时间他就断定这是一张正直、诚实、坦诚的面孔,他喜欢它。虽然年纪不大,但艰难困苦的生活已经在脸上牢牢地刻上了一道道皱纹。尽管谈话时很友好,休息时也很温和,但那双蓝眼睛会在要采取行动时放射出钢铁一般坚毅的目光,尤其是以少打多时。宽大的颚部与方正的下巴表明他是个粗犷、顽强、不屈不挠的人。虽然他具有如狮子般的品质,但他还有着某种温柔的、有些许女性气质的神情,这显示出他是个情绪化的人。

"我就是这样跟我媳妇结婚的",贝尔登开始讲述他动人的求婚故事,"她说:'爹,我们回来了。'他爹对她说'你这该死的',然后对我讲'吉姆,你,你把你这身好行头给我换了,吃饭前我希望你把差不多四十英亩的地都犁好'。接下去他转过去对她说:'萨尔,你去把盘子洗了。'说完他抽抽鼻子,吻了她。我可高兴坏了,但他看到我还没什么动静,大吼一声:'你,吉姆!'我马上一溜烟跑进谷仓了"。

"在美国有孩子等着你回去吗?"陌生人问道。

"没有,萨尔没生孩子前就死了。所以我就来这了",贝尔登有些恍惚地点燃他已经熄灭的烟斗,不过他又振作起来,"你呢,陌生人,结婚了没?"

陌生人打开怀表作为回答。他把怀表从一根当表链用的皮带上取下，递了过去。贝尔登竖起油灯，仔细打量着表壳内部，他自顾自赌咒发誓般地表示了羡慕，然后把表传给路易·萨瓦。萨瓦连呼几声"上帝啊！"又把它传给了普林斯。大家看到他的手在发抖，而眼里流露出一种奇异而又柔和的神色。于是这块表在一双双粗糙的手掌里传递着——表壳里贴着一张女人的照片，就是在这些汉子的幻梦里会让他们神魂颠倒的那种女人，她怀里抱着个婴儿。还没看到这美丽照片的人都充满了强烈的好奇心，而看过的人全沉默下来，追忆起似水年华。他们能面对饥饿的折磨、坏血病的侵袭以及在旷野或洪水中的猝死，但这张陌生女人和孩子的照片让他们都变成了女人和孩子。

"我还没见过这孩子。她说他是个男孩，两岁了。"陌生人接过他的宝贝时这么说。他留恋地又凝视了一会儿，才合上表壳，转过脸去，但仍未来得及止住夺眶的泪水。

马尔姆特·基德领他到一张床铺旁，吩咐他睡下。

"四点钟喊我起床，别耽误了我的事。"这是他睡前最后的话，没过多久他就在极度精疲力竭中沉沉睡去。

"好家伙，他简直是猛男啊"，普林斯评价道，"带狗狂奔了七十五英里,才睡三个小时就接着再赶路。他到底是谁啊,基德?"

"杰克·韦斯顿戴尔。他干了三年,除了'干活如马'的美名,什么都没赚到。而且他的运气要多坏就有多坏。我其实不认识他,但听希特卡·查理说过他的事。"

"像他这样有个年轻美妞做老婆的男人,居然跑到这种鸟不拉屎、呆一年抵上外面两年的地方来浪费大好青春,真难为他了。"

"他的毛病就是很犟很固执。以前他也赚到过两次钱,悲剧的是都输光了。"

交谈被皮特斯的一阵叫嚷给打断了,因为那照片的"魔力"已经开始消退了。荒凉岁月中的单调食物与劳累奔波没多久就在汉子们粗俗的嬉闹中被忘得一干二净。好像只有马尔姆特·基德一个人还没忘记自己的本分,他焦急地看了几次手表。有那么一次他还戴上连指手套和海狸皮帽,去储藏室里翻找什么。

他怎么样也等不及说好的时间了,于是提前十五分钟喊醒他的客人。年轻巨人的身体非常僵硬,不得不猛搓全身以便站起来。他蹒跚地走出木屋,发现狗已经套好了,万事俱备,只待出发。大家一起来祝他一路好运,尽快追上目标。接着,鲁波神父匆匆地为他祝福,然后就带大伙涌回屋里。这也不足为奇,在零下七十四度的低温里,光着脖子和手可不是闹着玩的。

马尔姆特·基德送他上了大道,在那里衷心地握紧他的手,友情提示说,"雪橇上有一百磅鲑鱼子。狗吃了它们就能跑本来吃一百五十磅的鱼才能跑的路程,在派利你可别指望能买到狗粮",陌生人有些吃惊,眼睛闪着光,但没有打断基德的话,"不到五指河你没法给人和狗补充哪怕一丁点的食物,那可是非常难走的两百英里路啊。要留意三十里河的无冰水面,而且你可一定得走巴尔日湖上的那条捷径"。

"你怎么知道我行走的路线?"

"我没听说什么消息,我更不打算知道。但你用来追赶的狗队压根就不是你的。希特卡·查理去年春天把这些狗卖给他们的。不过他有一次跟我评价过你,说你很正直,看了你的面相,我相信他的判断。而且我还看出……算了,你狗日的还是快点跑到高地那儿,再渡海回到你老婆身边吧,还有……"话到这里,基德脱下手套,猛地掏出他的口袋。

"不,我用不着。"他抽搐地握紧基德的手,泪水冻结在面颊上。

"那就别舍不得狗了,如果它们倒下了,马上砍断套绳,你就想它们不过是十美元一磅而已。你在五指河、小马哈鱼河、胡塔林卡都能买到狗。对了,注意别把脚弄潮了",这就是他的临别忠告,"速度你就控制在二十五英里以上,如果不到这个数,你就生把火,换换袜子"。

当丁零当啷的铃声宣告新访客到来之时,仅仅过去了十五分钟。打开门,一个西北地区的骑警走进屋,后面跟着两个赶狗的印第安人和白人的混血儿。他们和韦斯顿戴尔一样全副武装且精疲力竭。混血儿么,是天生赶路的好把式,还比较轻松;但年轻的警察却被掏空了体力。不过,他那个民族的倔强顽固的性格支撑他跑完这么多路,除非倒下,不然他能一直撑下去。

"韦斯顿戴尔什么时候走的?"他问道,"他在这儿歇息过,是不是?"这简直是废话,雪地上的轨迹已经清楚地告诉了他们一切。

马尔姆特·基德给贝尔登使了个眼色,他嗅出风头不对,就搪塞地回答:"应该走了好一会儿了。"

"爷们儿,给我说实话。"警察警告道。

"你貌似要立马找到他啊,是不是他在道森惹了什么麻烦?"

"他抢了哈瑞·麦克法兰的四万块钱,在太平洋商店把赃款兑换成了一张西雅图的支票;如果我们不去追他,还有谁能阻止他兑现呢？他到底什么时候走的？"

在马尔姆特·基德的暗示下，每双眼睛都抑制住激动的神色。年轻警官放眼看去全是木头人一样的面孔。

警察大步流星走到普林斯身旁，向他提问。虽然看着他的同胞坦诚认真的面孔时很痛心，普林斯仍顾左右而言他。

这时警察发现了鲁波神父，他可是不能撒谎的人。"一刻钟以前走的"，神父回答道，"但他连人带狗已经休息了四个小时"。

"他都走了十五分钟，并且还精力充足！我的上帝！"可怜的警察蹒跚地向后走，他又累又失望，几乎要晕过去了。他喃喃自语，大意是说他们花了十个小时从道森追到这里，连狗都累趴下了。

马尔姆特·基德把一杯潘趣酒强塞到他手里，警察转身走到门口，吩咐赶狗者跟着他。可屋里的温暖和必要的休息太有诱惑力了，他们极力反对。基德精通他们的法语土话，不安地留心听着。

两个混血儿发誓狗已经再也跑不动了，走不到一公里"塞沃什"和"巴拜特"就得死，剩下的狗也全要面临这一噩运，人和狗都还是休息一下比较好。

"借给我五只狗可好？"警察冲着马尔姆特·基德

问道。

基德摇摇头。

"我以康斯坦丁队长的名义签一张五千块的支票——这是我的证件,我有权根据我对情况的判断开支票。"

又是无声的拒绝。

"那我要以女王的名义征用它们了。"

基德瞅了瞅他装备精良的军火库,表示怀疑地笑了笑。这个英国人认识到自己无能为力,转身向门口走去。但赶狗的混血儿还在反对出发,他转向他们,凶狠地骂他们是娘们、杂种。年纪大些的混血儿那黝黑的脸气得通红,不客气地回敬了几句,说要让他跑断腿,然后开心地把他埋在雪地里。

年轻的警官下定决心,假装出精神饱满的样子,迈着坚定的步子走到门口。但大伙都明白真相,倒也很佩服他的壮举。不过他却无法掩饰脸上的懊恼痛恨的神色。狗儿们身上结满了冰霜,蜷缩在雪里,简直没办法让它们站起来。可怜的畜生们在鞭打之下哀鸣,因为赶狗的人很火很残忍。直到领队的巴拜特被割断套绳拖出队伍,它们才拉动雪橇向前进。

"无耻混蛋!骗子!""我的神啊,他不是好人!""他是贼!""比印第安人还恶心!"这些话都是大伙发怒的证据——他们都被耍了,在北方的道德准则中,百善诚为先,而现在这一为人最主要的道德遭到了破坏。"知道他的所作所为后,我们还帮了他一把。"所有人都用责难的目光盯着马尔姆特·基德,他此时正在角落把巴拜特弄得舒服点。他站起身,一言不发地把最后一点潘趣酒加到每个人的杯子里。

"今晚很冷啊,伙计们,非常冷",他用不相干的话开始他的辩护词,"你们都赶过路,明白那意味着什么。不要落井下石。你们只听了一面之词。与你我同吃一锅饭,同睡一条毯的白人中,没谁比杰克·韦斯顿戴尔更清白了。去年秋天他把全部积蓄,四万块钱,交给乔·卡斯特雷尔去英国领地买股票,今天他本该是个百万富翁。可当他在环形城照顾一个得败血病的伙伴时,卡斯特雷尔做了什么?他去麦克法兰赌场,把赌注加到最大,结果全赔了。第二天人们发现他死在雪地里。可怜的杰克只好放弃今年冬天去看他老婆和从没见过的儿子的计划。你们应该注意到,他拿走的正好是他伙伴输掉的那笔钱——四万块。好吧,他已经跑了,你们还准备做什么呢?"

基德环视着他的"审判者",看出他们的态度都软化下来,于是高高举起他的酒杯:"祝今晚赶路的人身体健康;愿他的食物能撑到最后;希望他的狗不会累垮;他的火柴总能打着火。上帝保佑他一帆风顺,好运总围着他转,祝……"

"祝那个骑警搞错方向!"皮特斯大喊着,和每个人对碰已经空了的杯子。

黄金谷

　　这儿是峡谷的绿色心脏,轮廓刚硬的峭壁
在这里转变了它粗犷的线条,形成了一个小小
的隐蔽的庇护所,里面充溢着甜蜜、圆满和温
柔。万物在这里安歇,甚至狭窄的小溪都止住
了它湍急向下的激流,在岁月流逝中形成一弯
恬静的池塘。一头鹿角分叉的红色公鹿,站在
没膝的溪水里,正低着头,半闭着眼打盹。

　　在池塘的一边,有一块小草地,凉爽而有活
力的绿茵一直延伸到峭壁底部。池塘的另一
侧,有一个平缓的斜坡对着峭壁,高度渐渐上
升。纤细的小草覆盖在斜坡上——草间还点缀
着五彩缤纷的花朵,有橙色的、紫色的、金色的。

斜坡下,峡谷夹在其间。那里可没什么好看的。两边的峭壁在此猛地倾斜,靠到一起,峡谷的尽头是一些长着苔藓的散乱的石头,遮盖在藤蔓植物、爬山虎和树枝的绿荫下。峡谷之上山峰绵延起伏,覆盖着松树的一大片山麓丘陵延伸到远方。更远的地方,如宣礼塔一样高耸的雪峰就像天边的云彩,长年积着白雪,如实地折射太阳的光芒。

峡谷里没有灰尘。树叶与花朵都干干净净,未受玷污。嫩草好似天鹅绒一般。池塘上面有三棵棉白杨,在宁静的空气中散播着它们雪白的绒毛。斜坡上石兰木开花了,花朵中的美酒气味让空气里都充斥着青春的气息。而它们经验丰富的叶子,已经开始为迎接即将到来的夏季的干旱而竖卷起来。在斜坡上空旷的地方,石兰木的影子鞭长莫及之处,美丽的大百合摆好了姿势,好似很多斑斓的蛾子突然停住,然后再颤抖着准备重新飞翔。在这边或那边还能看到树中的小丑马德隆纳树,表演着把豌豆绿色的树干变成紫红色的把戏。它那一大丛似蜡的花铃在空气中吐纳着芬芳的味道。这些乳白色的花铃形状就像幽谷百合,散发着属于春天的甜蜜香气。

一丝风都没有。空气里饱含着香味,催人昏睡。如果空气太过潮湿的话,这香味简直甜到发腻。但这里的空气却是清新稀薄的。就像星光进入大气层，被阳光照得很温暖，饱含着花的芳香。

偶尔，一只蝴蝶在光影交错间上下翻飞。到处都传来山蜂低沉而让人昏昏欲睡的嗡嗡声——这些奢侈享乐的家伙，和气地你推我搡，尽情享用盛宴，都没时间去做出粗鲁的行为。小溪如此安静地流淌着，在峡谷中穿行，泛起涟漪，偶尔在潺潺流动中低声私语几句。溪水的声音就像快睡着时的耳语，经常被瞌睡和寂静打断，但在醒来时又会提高嗓门。

峡谷之心的万物的动作都好似在飘荡。阳光伴着蝴蝶在树丛间飘进飘出。蜜蜂的"嗡嗡"声与小溪的低语声在飘荡。飘动的声音与飘动的色彩似乎在一起编织一匹精美易碎、难以把握的织锦，那就是这块土地的精神。它是和平的精神，不代表死亡，只代表安详律动的生命，安宁却不沉寂，活动而没有剧动。伴随着活泼而镇定的生存，没有争斗与艰辛的暴烈。这里的精神是生机勃勃的和平的精神，沉醉在欣欣向荣中的舒心和惬意，不受远方战乱传言的侵扰。

那头红色的、鹿角分叉较多的公鹿是此地平和精神的统治者，正站在没膝深的阴凉的池塘水中打盹。似乎没有苍蝇来打搅它，而它已经休息得倦怠了。有时它的耳朵伴随着溪水的低语而动几下，但不过是慢吞吞地动几下，因为公鹿早就料到这不过是溪水发现它在打瞌睡，絮絮叨叨地说它几句罢了。

可有一段时间，公鹿的耳朵竖起来后就绷紧了，它迅速而盼望地寻找声音的出处。它的脑袋转向下面的峡谷，它敏感而抽动的鼻孔在空气中闻着。它的目光无法穿透溪水流进的那道绿色大幕，但它的耳朵里传来一个人的声音，那是沉重而单调的歌声。有一次公鹿还听到金属撞击在岩石上的尖厉的声音。听到这个声音，它打着鼻息，突然从水中跃到草地上，四只脚深深地扎进天鹅绒般的小草里。它再次竖起耳朵，嗅着空气里的蛛丝马迹。接着它悄悄地走过小草地，时不时停下来听听风声，然后就像一个幽灵一样，无声地迈着轻柔的步子，消失在峡谷之外。

可以听见钉着铁掌的鞋底撞击岩石的声音了。那个人的嗓门更大了，他高声吟唱着，歌声随着距离的拉近也愈加清晰，歌词清楚可闻：

> 转过身去转过你的脸，
> 看看小山是那么美那么甜，
> 你要鄙视罪恶的力量！
> 瞅瞅身边再瞧瞧四方，

把你罪恶的包袱丢到地上。

你会遇到上帝，在一个早上！

一阵攀爬的声音伴随着歌声传来，此地和平的精神就跟着红色的公鹿远走高飞了。绿色大幕分崩离析，一个人从中探身，仔细勘察着草地、池塘和平缓的斜坡。他是那种深思熟虑的人。他先很快环视了四周，然后仔细观察着一草一木，来验证他之前对此地的笼统印象。最后，直到这时，他才张开嘴，绘声绘色而隆重庄严地赞许着：

"这是一个生机勃勃的炼狱啊！你看看吧！这些树、这些水、这些草、这些山！探矿者的福地，印第安小马的天堂！有酷酷的绿色缓解眼睛的疲劳！脸色苍白的病人在这里不用吃粉色的小药丸了。这是给探险家的一处秘密牧场，是疲惫的驴子的歇息地，真他妈爽啊！"

他的脸色沙黄，和蔼与幽默是他脸上最明显的特征。这是一张多变的面孔，会随着内心情绪与想法的变化而迅速变化。心里想什么，可以从他的脸上看出来。各种主意从他脸上闪过，就像风吹过湖面一样留下痕迹。他的头发稀少，乱蓬蓬的，发色和脸色一样淡到几乎无色。他全身的所有颜色似乎都注入了眼里，因为它们有着惊人的蓝色。同时，他还有双含笑而欢快的眼睛，里面有如孩童般的天真与好奇；但同时它们又具有一种谦逊的，建立在自身阅历以及对世界的经验基础上的镇定的自我信任与强大的决心。

他从藤蔓植物和爬山虎的绿幕后扔出一把矿工锄、一把铲子和一个淘金盘。接着他自己匍匐爬到了宽敞的地方。他身着褪色的工装裤和黑色棉衬衫，脚穿一双钉着平头钉的短靴，头戴一顶没有形状的，满是污渍的帽子，一看就知道是在风吹日晒雨淋以及宿营地的烟熏中给整成这样的。他站得笔直，睁大眼睛看着这景色中的秘密，欣喜地张大并抽动着鼻孔，呼吸着这座峡谷花园里温暖甜蜜的空气。他的眼睛眯成了一条含笑的蓝缝，脸上布满了喜悦之情，连嘴角都笑得翘起来了。他大叫道：

"跳跃的蒲公英和快乐的蜀葵，都那么好闻！你们尽管去吹嘘产玫瑰精油和古龙水的工厂吧！在这里它们不值一提！"

他有自言自语的习惯。他易变的面部表情可能会先透露出心里所有的想法和情绪，但舌头也必然在后面努力地追赶，要把一切重复一遍，就像第二个鲍斯维尔。

这人躺在池塘边，长久地、深深地喝着里面的水。"味道好极了。"他小声咕哝道，边抬起头来望着池塘对面的山坡，边用手背擦着嘴。那山坡引起了他的注意。他仍旧俯身躺在那,长时间地认真研究着那山坡的结构。他那经验丰富的目光沿着斜坡一直升到土崩瓦解的峡谷峭壁那,接着又向下扫视,目光再次回到了池塘边。他爬起身,再度审视这山坡。

"貌似不错。"他总结道,然后捡起了他的锄头、铲子和淘金盘。

他灵活地跨过一块接一块的石头,穿过了池塘下的小溪。在山坡接触到水流的地方,他挖了满满一铲土,放进淘金盘里。他蹲下来,两手举着盘子,把它部分浸入溪水里。接着他灵巧地转动起盘子,让水流进进出出,冲洗着泥土和沙砾,较大较轻的颗粒随之飘到了水面,他熟练地把盘子往下一浸,就让它们飘走了。个别时候为了加快速度,他会放下盘子,用手指耙出大块的乱石和石子。

淘金盘里的东西很快就被淘去了不少,只剩下细泥和最小块的砾石。到了这一步他开始非常谨慎小心的工作,这就是细淘。他细而又细地冲洗着,敏锐而仔细地观察着,手艺灵敏而精益求精。最后,盘子里似乎只剩下水了,但他快速地将盘子转了半圈,让水沿着盘子的薄边流进小溪,一层黑砂出现在盘底。这层砂就像颜料上的纹理一样细。他细致地检查着,发现黑砂中间有一颗微小的金砂。他让一点点溪水从盘子的较低的那边流进来,接着迅速地让水流冲洗了盘底，把那些黑砂一翻再翻。第二颗小金砂成为他努力的回报。

此时的冲洗已经非常精细——精细到超过普通淘金的所有需要。他每一次将一小部分的黑砂从盘子的薄边淘出。每一小份他都很犀利地检查过，几乎每一颗沙砾在他允许漂出盘子前都经过他眼睛的把关。他警觉地让黑砂一点一点流走。一颗小金砂出现在盘边，它不比图钉尖儿大多少，他巧妙地操纵水倒流，让金砂回到盘底。在这种工作方式下，一颗接着一颗金砂得见天日。他十分注意地看着这些金砂，就像一位牧羊人一样，他把这一群金砂聚集在一起，这样一颗也不会丢了。最终在盘里一点泥沙都没留下，除了他的一群金砂。他清点着，然后，在付出如此劳力之后，他在水里把盘子最后转动了一下，将金砂都泼到了水里。

可当他站起身时，他的蓝眼睛闪烁着欲望的光芒。"七颗。"他大声嘟囔着，这就是他辛辛苦苦淘洗出而又随随便便扔掉的金砂的数目。"七颗。"他重复道，用强调的语气把这个数字铭记在他的记忆里。

他静静地站了一会儿，审视着山坡。他眼里透出一种新生的、燃烧着的好奇神色。他兴高采烈，又警觉地如同一只正在狩猎的动物嗅到了猎物新鲜的气味。

他顺流走了几步，弄了第二盘泥沙。

经过如出一辙的细淘，他小心翼翼地收集起金砂，再次在清点完数目后将它们随意地倒进水里。

"五颗"，他嘟囔道，又重复了一遍，"五颗"。

他忍不住又把小山坡审视了一番，之后在溪流中走得更远，并重新装满了盘子。他的金砂数减少了。"四颗、三颗、两颗、两颗、一颗。"当他顺溪流往下走时，脑海中的统计表记录下这些数目。当他的收获只有一颗金砂时，他停下来，用干树枝生了堆火。他把淘金盘扔进火里，直到它被烧成蓝黑色。他拾起盘子，严格地检查了一番，随后认可地点了点头。在这种颜色背景下，最细小的一点黄色斑点也别想逃过他的眼睛。

他仍旧继续顺流向下，再次装了一盘泥沙。孤零零的一颗金砂是他的收获。第三盘则寸金未见。他对此不满意，又淘洗了三盘，每隔一英尺他就用铲子铲起一盘泥沙，结果每一盘都没有金砂，但这并没有令他泄气，相反他倒似乎挺心满意足的。每一盘的一无所获让他愈加振奋，最终他起身得意地宣布：

"如果这不是一个实打实的金矿，就让上帝用酸苹果敲掉我的脑瓜子吧！"

他回到开始第一次淘洗的地方，装了一盘溪水。起初他的金砂数目在增长——不可思议地增长。"十四颗，十八颗，二十一颗，二十六颗。"脑海中的统计表又增添了新的数目。就在池塘上，他获得了最多的收成——三十五颗。

"差不多可以保存下来。"他在让水流冲走它们时不无惋惜地说道。

日上中天，这个人还在继续工作。一盘接着一盘，他迎着水流向上，成果在以稳定的数目减少。

"按这个减少的情况看来，真是太好了。"当他在一铲泥沙中只能发现一颗金砂时，都欣喜若狂了。

而当他一连几盘都毫无收获时，他挺直腰板，用一种自信的目光打量着山坡。

"啊哈，矿穴先生！"他喊出声，仿佛对着一个躲在他上方斜坡表面之下的旁听者说话，"啊哈，矿穴先生！我来了，我来了，我一定能找到你！你听见了吗，矿穴先生？我一定能找到你！"

他转身用测量的目光瞅了瞅已经升到他头顶的太阳。然后顺着淘金时挖下的一排小洞走下峡谷。他穿过池塘下的小溪，消失在那道绿幕中。此地很难再有机会重新回归安宁镇静了，因为这个人的拉格泰姆风格的歌声在峡谷里久久回荡。

过了一阵子，伴随着更响的铁掌鞋底撞击岩石的声音，他又回来了。绿幕被可怕地搅动起来。它在剧烈的挣扎中前后摇摆。又传来了刺耳的摩擦声与金属的铿锵声。男人的声音提高了分贝，鲜明地带有命令的语气。一个庞大的身躯喘息着跃出来。在咔嚓折断之声、撕裂猛拉之声以及一阵树叶的飘落中，一匹马冲出了绿幕。它背上驮着一个包裹，身后还留下一些扯断的藤蔓与爬山虎。这畜生吃惊地打量着眼前突如其来的一幕，接着就低下头心满意足地啃起草来。第二匹马跃入眼帘，它在长着苔藓的石头上滑了一下，四蹄深深地扎进草地后才恢复了平衡。没人骑它，尽管在它背上有一副墨西哥式的高桥马鞍，因为长期使用而斑驳掉色了。

这个人在马后面跟着，他丢掉包裹和鞍具，一眼就瞄好了扎营的地点，然后就放任马儿去吃草了。他打开食物的包装，取出一只平底煎锅和一把咖啡壶。他收集到一把干柴，又找来一些石头搭起一个供生火的地方。

"我的天！"他说，"我的胃口好极了，简直连挫下的铁屑与马蹄钉都能吃下去。谢谢你的慷慨啦，女王给了我双份的食物"。

他直起身，一边把手伸进工装裤的口袋里找火柴，一边让目光越过池塘，注视着山坡。他的手指本已抓住了火柴盒,但又松开了,手抓了个空。这个人看起来有些动摇。他瞅了瞅为烧饭所准备的物品,又瞄了瞄山坡。

"我应该再试一次。"他有了主意,开始穿越小溪。

"这不会没意义的,我知道",他有些抱歉地咕哝着,"我觉得迟一个钟头再吃饭也没什么关系"。

他在距第一次淘洗的那条线之后几英尺的地方开始进行第二条线的淘洗。太阳落到了西天,阴影在变长,但这个人一直在工作。他又开始第三条线的工作了。他在山腰上攀爬时画下了一道又一道线。每条线路的中心处都有着最好的收获,而在线的两端就什么都没发现了。当他向山上爬得越高,线也明显地越来越短。按这个长度递减的规律来看,在山坡上某个地方最后一条线会短到几乎没有长度,差不多就是一个点了。这些线段形成一个倒"V"字,"V"字向顶点聚集的两边就标志着金砂分布的界限。"V"字的顶点无疑就是终极目标。他常常顺着"V"的两边望向山上,试图精确定位那个顶点,也就是金砂的终点。在那里住着"矿穴先生"—— 他一直这么亲热地称呼斜坡上那个想象中的点。他叫了起来:

"来吧,矿穴先生! 识抬举的话就开开心心地下来吧!"

"好吧",一会儿他又用果断的语气补充道,"好吧,矿穴先生。看来哥得亲自上来抓住你的光头不可了。我就来了,我可真来了!"又过了一会儿,他这么威胁着。

每盘泥沙他都拿到河里去冲洗,当他爬得越高,盘子里的收获也越丰厚,直到他开始把金砂收在一个空的发酵粉罐子里,那个罐子就随便地装在屁股口袋里。他是那么全神贯注地辛勤劳作,都没注意到漫漫的暮色已经降临。直到怎么也看不清盘底的金砂时,他才发现时间的飞逝。他猛地直起身子,脸上带着一种心情起伏的惊惧表情,慢慢吞吞地说:

"妈的,老子都忘记要吃饭了!"

他跟跟跄跄地在黑暗中穿过小溪,点亮了那堆长时间拖着没点的火。他的晚餐由煎饼、熏肉和热过的豆子组成。接着他在闷烧的煤堆旁抽起了烟斗,聆听着夜间的声响,注视着月光洒满峡谷。之后他打开"床铺",脱下沉重的鞋子,把毯子拉到他的下巴处。在月光下他的脸色如死人般苍白。不过这可是个会原地满血复活的死尸,因为他突然用一只胳膊支起身子,凝视着他的山坡。

"晚安,矿穴先生",他懒懒地叫着,"晚安"。

他睡过了灰暗的早晨,直到阳光直射到紧闭的眼皮上。他惊醒了,四下看看,才渐渐想起之前的事情,明白眼下的自己就是以前就活着的那个人。

起床穿衣服，他只需把鞋子穿上扣好就行了。他看了看他的火堆、他的山，犹豫了一下，但还是克制住诱惑，开始生火。

"淡定，比尔，保持淡定"，他告诫自己，"着急有什么用？急出一身汗也没用。矿穴先生在等你呢。他不会在你吃完早饭前逃走的。现在，比尔啊，你所需要的就是吃点新鲜东西。现在就去弄点吧"。

他在水边砍下一段短树枝，并从一个衣服口袋里拿出一些渔线和一个曾经很不错，但已经给拖来拖去弄脏了的假苍蝇诱饵。

"它们也许会在一大早咬钩。"他第一次向池塘下钩时喃喃自语道。过了一会儿他就愉快地叫起来："我跟你怎么说的？我怎么说的？"

他没有收线的卷轴，又不想浪费时间，于是就凭着蛮力迅速地从水中拖出一条十英寸长的鲜活的鳟鱼。很快他又钓到三条鱼，早餐有了保证。当他踩着垫脚石走上登山路时，脑子里忽然冒出个念头，便停下脚步。

"我最好去小溪下游走一趟"，他说，"搞不好有个坏蛋就藏在那附近"。

但他还是踩着石头过了小溪，嘴里又说了句"我真该去走一趟"。然后就放松了该有的警惕，干起活来。

傍晚时分他站起身，腰背因为长时间蹲着已经僵掉了，于是他把手放到背后去按摩按摩僵硬的肌肉。他说：

"你怎么想的？该死的。我又把吃饭的事忘得一干二净了。如果再不注意的话，我就成了一天只吃两餐的怪人了。"

"矿穴是最该死的！我已经见过多少人给它忽悠得神魂颠倒了。"晚上他爬进毯子时这么对自己说着。可他仍没忘对着山坡打招呼："晚安，矿穴先生！晚安！"

他和太阳一道起来，然后匆忙吃掉了马马虎虎做成的早饭，早早工作起来。他似乎越来越狂热，日益丰厚的金砂也不能缓解这种淘金热。他的脸颊发红，不过并非给太阳照的。他忘却了疲惫与时间的推移。只要装满一盘土，他就跑下山去淘洗；过一会儿又气喘吁吁，跌跌撞撞地跑上山去，重新装满淘金盘。

他现在离溪水有一百码远，倒"V"字也在以一定比例缩小。含有金砂的泥沙的宽度在逐步缩小，这个人在脑海里构想着"V"字两边在山上的交点。那就是他的目标，"V"的顶点。他无数次淘洗就是为了找到它。

"就在石兰木丛上方两码，再向右去一码的位置。"他最终有了结论。

此时强大的诱惑吸引了他。"就跟鼻子长在你的脸上那么清楚。"他说道,于是抛下了此前费劲画下的淘金线,直接爬到了那个点。他装满一盘泥沙带下山去冲洗。一点金子的影子都没有。他先深挖,再浅挖,一连装满并淘洗了十二盘,连最最小的金砂都没找到。他为自己如此轻易就拜倒在诱惑女神的裙下而十分气恼,咒骂着自己的不敬和骄傲自满。接着他下山,继续沿着画好的线挖起来。

"慢工出细活,比尔,慢工出细活",他低声说,"干咱这一行的,想走捷径可没门儿啊,你这下明白了吧。放聪明点,比尔,放聪明点。慢工出细活,你只能这么来;就这么慢慢干下去,坚持到底吧"。

当画下的线缩短时,"V"字的两边渐渐靠近,而"V"字的深度却增加了。金矿的印记向山中深入。他往地下挖三十英寸才能找到金子。而在地下二十五英寸或三十五英寸处的泥沙里都找不到金子。在"V"字的底部,溪水的边上,他在草根间找到了点金子。在山上爬得越高,金子也埋得越深。为了装一盘泥沙做测试,他得挖一个三英尺深的洞,这可不是件容易的差事。在这个人与顶点之间还有数不清的这样的洞需要挖掘。"不知道还要挖多深呢。"他叹了口气,停下来休整了一会儿,用手指按摩着疼痛的后背。

在狂热的欲望作用之下，尽管后背发痛，肌肉发硬，他还是用锄头和铲子对着松软的棕色泥土连刨带挖，就这样辛苦地向山上进发。在他面前是平滑的斜坡，上面的野花星罗棋布，散发出芬芳。他身后则是被破坏的景象，仿佛山坡光滑的皮肤上突然爆发出了一些可怕的疹子。他缓慢的进程就像鼻涕虫路过这里，在如此美景之上留下一道怪诞而畸形的痕迹。

尽管由于黄金矿脉的深入，这个人的工作量也随之增加，他还是在盘中不断增长的收获中得到了安慰。二十美分，三十美分，五十美分，六十美分，这就是每盘金砂的价值，黄昏时他从一铲泥沙中居然获得了价值一美元的金砂。

"我敢打赌我的好运气会让一些好奇的混蛋闯进我的地盘来。"这晚他把毯子拉到下巴时这么含糊地咕哝了一句。

突然他坐了起来。"比尔！"他大叫道，"现在，听我的，比尔；你可听好了！这完全取决于你，明早你去转一圈，看看能发现什么。懂了吗？明天早上，可别忘了！"

他打着呵欠，又凝视着他的山坡。"晚安，矿穴先生。"他叫道。

早上他比太阳更早一步起身，当他吃完早饭时第一道阳光才照到他身上。他在有些崩坏的峡谷找到立足点，向上面攀爬。在山顶上望去，他发现自己身处在寂寥之中。在他视力能及的范围内，一座座山，一座座山相连着映入眼帘。向东望去，越过连绵起伏的群山，最终能发现山脉白色的顶峰——这就是主峰，西部世界里直插天际的脊梁。向南北方向望去，他能更清晰地见到一些交错的山脉融进峰峦如聚波涛如怒的主脉中。西部的群山渐渐低矮下去，一个接一个地变小，退变成平缓的丘陵，接着消失在他看不见的大峡谷里。

在如此广袤的大地上，他看不见有人的迹象或是人手所造出的东西——只有他脚下山坡被撕裂的胸怀是个例外。这个人长久而仔细地眺望着。有一次，在所站的山谷下方很远处，他觉得自己看见了缕缕青烟。他再次望去，断定那不过是山中的紫色薄雾，被峡谷的峭壁环绕在后面而变暗所形成的。

"嘿，你啊，矿穴先生！"他往峡谷下面喊道，"从地底下钻出来吧！我来了，矿穴先生！这就来了！"

脚上沉重的鞋子令这个人看起来走得很笨拙，但他从令人眩晕的高处下来时如岩羊一样轻快灵活。一块石头在他脚底的悬崖边松动了，这可没让他惊慌失措。他似乎精确地知道石头摇摇欲坠多久才会酿成灾难，与此同时他利用了这块松动的垫脚石作为临时的跳板，把他送上安全的地方。当山坡变得险峻而不能直立时，他也没犹豫。他脚踩在那些靠不住的坡面上，在即将崩落的刹那间借力一跃而起。有时，连找个片刻的落脚点都成问题，他就摇摆着身子，短时间内徒手抓住绝壁上岩石的突起，一道缝隙，或是不牢固的灌木根部，最后，伴随狂野的一跃和号叫，他脱离绝壁，从数吨重的坠落的土块和砾石中跳下来。

这个早晨，他的第一盘漂洗就收获了价值超过两美元的粗金。这是在"V"字的中心淘来的。而顺着它的两边出去，得到的金子的价值都急剧减少。他挖洞留下的线段越来越短。"V"字的两边就差几码就要重合了。它们的交汇点就在他上方几码远处。可是含量丰富的矿脉也在地下埋藏得愈加深了。午后，他要挖地五尺才能找到金子。

照此看来，黄金矿脉不仅仅是一点痕迹而已了，这里存在一个冲击矿。这个人决心在找到矿穴之后再回来好好开掘一下。可越来越多的金砂反倒让他烦恼。临近傍晚时，一盘能淘到三四美元的金砂。这个人为难地搔搔头，向几英尺的上方望去，石兰木丛那里差不多就是"V"字的顶点了。他点点头，神神叨叨地说：

"二选一的可能,比尔,二选一啊。要么是矿穴先生就这么在山里散掉了,要么就是矿穴含金量太他妈富足了,你基本上别想把它们全带走。那样的话就太糟糕了,是吧?"他为想象中这甜蜜的烦恼咯咯地笑起来。

暮色降临,他还在溪边努力地瞪着眼睛,在越来越黑的环境中冲洗出一盘价值五美元的金砂。

"要有一盏电灯照着我工作就好了。"他说道。

当夜,他没有睡好。他若干次强迫自己合上眼睛,试图进入梦乡;但强烈的欲望令他血脉扩张,他也无数次睁开眼睛,疲劳地喃喃道,"太阳快点升起来吧。"

最后他终于睡着了,但当星光刚暗淡下去时他就睁开了眼。天边泛出鱼肚白时,他就吃完早饭,爬上山,向着矿穴先生的秘密藏身之处前进。

他画下的第一条线只能再挖三个洞了,含量丰富的矿脉变得非常狭窄,而他离寻觅了四天的黄金之源是如此的近了。

"淡定,比尔,淡定。"他告诫自己。他挖下了最后一个洞,也就是"V"字的两边最终汇合的顶点。

"我把你完全抓住了,矿穴先生,你可跑不了啦。"随着洞越挖越深,他把这句话说了很多次。

四英尺,五英尺,六英尺,他不断向下挖去。挖掘变得更困难了。他的锄头碰到了破碎的岩石。他检查起这块石头。"风化的石英。"他下了结论，接着用铲子把洞底松软的泥土清理干净。他用锄头敲击这块石英，每敲一下，石英就碎裂开一些。他把铲子插进碎石中。眼里有黄色在闪烁，他便丢下了铲子，猛地蹲下身。就像农民擦掉刚挖出的土豆表面的泥土，这个人双手托着一片碎石英，擦拭着上面的泥土。

"萨丹纳帕路斯的财宝也比不上啊！"他大叫，"一大块一大块的金子，一大块一大块的金子啊！"他手里捧着的只有一半是岩石，另一半是纯金。他把它丢进盘子里，检查起新的一块。这块不带一点黄色，但当他强壮的手指掰开碎石英后，黄金的色泽溢出了双手。他一块接一块地擦掉泥土，然后扔进淘金盘中。这是个藏宝洞啊。石英风化得差不多了，剩下的还没有黄金多。他时不时发现一些没有土石附着的纯金。一大块他从中心敲开的黄金，就像一大把黄色的宝石般光彩夺目。他仰着脑袋看着它，慢慢地转来转去，鉴赏着它璀璨的光芒。

"去夸你们那金子多得不得了了的矿吧！"这个人蔑视地鼻子哼哼着，"你们那个矿也就值三十美分。咱这个可全是金子。此地此时此刻，我要把这个峡谷命名为'黄金谷'，天啊！"

他仍旧蹲着检查那些碎块,然后把它们扔进盘中。突然,他身边传来危险的预兆,似乎有一片阴影落到他身上。但并没有影子。他的心要跳到嗓子眼了,几近窒息。接着他的血慢慢冷下来,他感到汗湿的衬衫冷冷地贴在皮肉上。

他没有蹦起来也没有四下环视。他一动不动。他在考虑眼下此种险境的性质,试图定位警告他的神秘力量的来源,并努力去感觉这个突然出现的威胁着他而又看不见的东西是个啥。敌对的气息可以清楚地感觉到,但他感到这种对感官来说十分微妙的气息后,却不知是如何感到的。这种感觉仿佛乌云蔽日。似乎在他和生命之间有些黑暗的,令人窒息的东西在威吓他,这阴郁的东西吞噬着生命,并带来死亡——他的死亡。

他体内的所有力量都驱使他蹦起来,去面对未知的危险,但心智战胜了恐惧,他仍旧那么蹲着,手里拿着一大块黄金。他不敢东张西望,可他明白眼下有东西正居高临下地处在他后面。他装作对手中的黄金很有兴趣,并挑剔地检查着,把它翻来覆去,又擦掉上面的泥土。但他一直都清楚背后有一对目光,越过他的肩膀,正盯着金子。

他仍然假装在钻研手中的金子,专心地聆听着。他听到背后那东西在呼吸。他的眼睛在地上搜索着武器，可是看到的只有挖到的金子，现在它们对绝境中的他来说一文不值。那头是他的锄头，必要时可以随手拿起当武器，可眼下用不上。这个人明白他的困境，他正处在一个七英尺深的狭窄的洞中，而他的脑袋不能伸出地面。他处在一个陷阱中。

他还那么蹲着。他现在很冷静很镇定；可他的脑子却什么解决方法都想不到。他还在擦着碎石英上的泥土，接着把金子扔到盘子里。他还能做什么呢？但他知道迟早是要站起来的，去直面在他背后呼吸的危险人物。几分钟过去了，每一分钟的流逝都让他感到他离必须站起身的那刻越来越近，不然——他想到这里，潮湿的衬衫再次冷冰冰地贴上了皮肉——不然他就得蹲在这些宝贝前面等死。

他还是蹲在那擦拭着金子上的泥土，而脑子里却在思索该以何种方式站起来。他可以猛地站起来，跃出洞外去和地上那个威胁他的家伙狭路相逢。或者他可以不经意地慢慢起身，假装是无意发现了在他背后呼吸的家伙。他的本能与身体里每一根好斗的神经都支持那个疯狂的主意，跳到地面上去。但他的理智和由此而生的狡猾，却倾向于缓慢小心地与那个看不见的威胁物碰面。

当他正在拿主意时，耳中猛地传来一声响亮的爆炸声，也正在此时，他的左背部遭到沉重一击，从被打击的那一点，他感到有一道火舌穿过了身体。他向空中跳起，但跳到一半就栽倒了。他的身体就像一片被突如其来的高温烤干的树叶一样蜷缩着，他的胸膛贴着淘金盘，脸陷进了泥土和石子里。洞底的有限空间令他的双腿纠结地盘在一起，痉挛地抽搐了几次。他的身体就像得了重症疟疾一样颤抖。他的肺在慢慢扩张，深吸了一口气后，慢慢地，非常缓慢地吐了出来，他的身体缓慢地变平直，然后就不再动弹了。

在地上，有个男人手拿一把左轮手枪，目光沿着洞边向下窥测。他对着自己下面那具俯卧不动的躯体看了很久。接着这个不速之客在洞边坐下，这样他能够看进洞里，他把手枪放在膝盖上，把手伸进口袋，拿出一束棕色的纸。他把一点点烟草屑放在纸里，两头一塞，卷成一支棕色的粗短的烟。他的目光一刻也没有从洞底的躯体上移开。他点起烟，享受地把烟吸进肺里，慢慢抽着。烟有一次灭掉了，他重新点上火。每时每刻，他都在研究着脚下的躯体。

最后，他把烟头扔得老远，站起身来。他向洞边移动，跨进去一步，两只手各撑在洞的一边，而左轮手枪还握在右手里。他靠着臂力下到洞中，当脚底离洞底还有一码时，他放开手跳了下去。

当他的双脚刚接触到底部，他就看到挖金人的膀子伸了过来，而他的双腿被迅速地抓住，接着是猛地一拉，他就跌倒了。他往下跳时，手枪举在头上，而当腿被突然抓住时，他就敏捷地把枪放下了。当他的身子还在半空，并未完全倒下时，他扣动了扳机。枪声在逼仄的空间里震耳欲聋。洞里满是烟，他什么也瞧不见。他后背重重地落到地上，那个挖金人就像猫一样骑在他身上。即使当挖金者的身体压在他身上时，这个陌生人还是弯曲着右臂准备射击；千钧一发之际，挖金者快速地用胳膊肘撞击他的手腕。枪口被撞到上面去了，子弹深深地射入洞里的土壁中。

下一刻，陌生人感到挖金人的手抓紧了他的手腕。两人为了那支手枪在搏斗。每个人都想得到它，把子弹射进对方的身体。洞里的烟雾消散了。陌生人仰躺着，开始在朦胧间看见东西了。突然他被敌人故意向他眼里撒来的一把泥土给弄得看不见了。震惊之余他丢掉了手枪，接着他感到头部被猛击了一下，黑暗降临，在一团漆黑中他已经感觉不到黑了。

可那个采金者还一发接一发地开枪，直到子弹打完。

然后他扔掉枪，沉重地呼吸，坐在那个死者的大腿上。

采金人呜咽着，用力呼吸。"卑鄙无耻的混蛋！"他气喘吁吁地说，"一路跟踪我，看着我干活，然后就从背后给我一枪！"

由于愤怒和极度疲惫，他几乎哭出声。他凝视着死人的脸。上面撒着一些松土和沙砾，难以辨认出相貌。

"从没见过这样的坏蛋"，采金者经过观察后总结道，"就是一个普普通通的小贼，狗日的！他从后面朝我开枪！他从后面朝我开枪！"

他解开衬衫，前前后后地摸着左边身体。

"被打穿了，但是没大碍"，他得意地叫着，"我打赌他瞄得准而又准，但他扣扳机时枪歪了——这个混蛋！不过我把他干掉了！哦，我把他干掉了！"

他的手指探测着子弹留下的伤口，他的脸上流露出懊恼的表情。"这个伤口估计会疼起来的"，他说，"我得让它好起来，趁早离开这儿"。

他从洞中爬出，下山来到他的宿营处。半个小时之后他又回来了，牵着那匹驮行李的马。他解开衬衫，露出了包扎伤口的粗陋的绷带。他的左手动起来迟缓而笨拙，但这并未阻止他运用胳膊。

死人肩膀下的背包绳圈帮助他把尸体拖出洞。接着他收集起他的金子。他坚持干了几小时，期间时不时地停下来，让他僵硬的肩膀歇一歇，他还大声说着：

"他从背后朝我开枪，无耻之徒！他从背后朝我开枪！"

把财宝清理好后，他就用几条毯子安全地裹住金子，系成几个包裹。他开始估算金子的总价：

"有四百磅重，要是没有我就是霍屯都人"，他有了结论，"就算有两百磅是石英，还有两百磅的金子呢。比尔！醒醒！两百磅的金子！四万美元哪！它们全是你的啦！"

他快活地搔搔脑袋，手指无意间碰到了一条陌生的沟壑。这个沟有几英寸长。它是第二颗子弹掠过他的头皮时留下的。

他怒不可遏地走向死尸。

"你想害死我，想害死我啊？"他恐吓道，"你想害死我，是吧？好，我把你好好地收拾掉了，我还要给你个体面的葬礼。这可比你对我的所作所为好多了"。

他把尸体拖到洞边推了下去。它沉重地撞击了洞底一下，翻到一边，脸扭曲地对着有光的地方。挖金人朝下看着它。

"你从背后朝我开枪！"他在控诉。

他用锄头和铲子填上了洞。接着他把金子放到了马背上。对这个畜生来说，无疑是沉重的负担，于是回到营地时他便把部分金子放到了有马鞍的那匹马的背上。就是这样，他还不得不放弃了部分装备——锄头、铲子、淘金盘，多余的食物以及炊具，还有一些零零碎碎的家当。

日上三竿时，这个人强拉着马走进了藤蔓和爬山虎的绿幕中。为了爬上那些巨石，两匹马不得不抬起前腿，没头没脑地奋力挤进那一大团纠结在一起的植物中。有一次，带马鞍的那匹马重重地摔倒了，这个人便移除掉这畜生背上的包袱，好让它站起来。在它重新上路后，这个人猛地把头从树叶间伸出，仰望着山坡。

"卑鄙无耻的东西！"他说了这句就消失了。

撕扯藤蔓与拉断树枝的声音传来。树丛来来回回地大幅度晃动着，表明两匹马正从中经过。在钉铁掌的马蹄踏过岩石的"嗒嗒"声中，不时传来咒骂或者尖厉响亮的吆喝声。接着这个人放声高歌起来：

> 转过身去转过你的脸，
> 看看小山是那么美那么甜，
> 你要鄙视罪恶的力量！
> 瞅瞅身边再瞧瞧四方，
> 把你罪恶的包袱丢到地上。
> 你会遇到上帝，在一个早上！

歌声越来越轻，在寂静中这块土地的精神又回归了。小溪更加低声地潺潺流淌；山蜂令人昏睡的"嗡嗡"声再度响起。芬芳浓郁的空气中，棉白杨那雪白的绒毛在飘荡。蝴蝶在树丛间飞来飞去，和煦的阳光洒满了每个角落。唯有草地上的马蹄印和惨遭挖掘的山坡，标志着狂暴的生命曾破坏过这里的和平，之后又离开了。

热爱生命

全部家当只有这点残留，

他们生活过也辗转过；

博弈的收获也曾到手，

虽然赌注已一无所获。

他们痛苦地趔趄着走下河沿。两人中打头的那个有一次还在粗糙的乱石堆中给绊了一下。他们又累又虚弱，因为承受了长时间的艰难困苦，两人脸上都带着苦苦忍耐的憔悴表情。他们背着用毯子包裹的沉重行李，靠皮带缚在肩上。额头上勒着头带，协助支撑这些包裹。每个人都带着一支来复枪。他们以佝偻的姿势前进，肩膀向前，而脑袋伸向更远的前方，眼睛则盯着地面。

"咱们落在密窖的弹药，要是能有两三颗带在身边多好啊。"走在后面的男人这样说。

他的声音低沉可怕，不带一点感情。他无动于衷地说着，前面的男人则蹒跚地踏入乳白色的小溪中，溪水在岩石上冲出泡沫。他一言不发。

后面的男人紧跟着他。尽管河水冰冷，冻得他们的脚踝发疼，双脚麻木，他们也没脱掉脚上的装备。有的地方水流冲击到了他们的膝盖，两人都走得跟跄跄跄。

跟在后面的男人在一块平滑的巨石上滑了一跤，几乎跌倒，但他用尽全力重新站稳，同时发出一声凄厉而痛苦的叫喊，似乎虚弱地要晕倒了。他摇摇晃晃地伸出他空着的手，仿佛要在空气中寻找一个支撑物。当他站稳脚跟重新向前走时，却再次摇晃起来，差点摔倒。于是他干脆站着不动了，看着另一个男人，那个人连头都没回一下。

这人静静地站了足有一分钟，好像在跟自己争辩什么，随后他喊出声：

"我说比尔，我的脚踝扭啦。"

比尔晃晃悠悠地穿过乳白色的溪水，没回头看他一下。他看着比尔走远，尽管脸色一如刚才那般没有表情，但他的眼里流露出类似受伤的鹿一般的神情。

比尔蹒跚地走上对面的河岸，依旧没有回头地继续向前。溪流中的这个人看着他的同伴。他的嘴唇有点哆嗦，以致遮住嘴唇的棕色胡须也在明显地抽动。他甚至不自觉地伸出舌头舔舐着双唇。

"比尔!"他大喊着。这是一个处于绝境中的壮汉发出的恳求之声。但比尔没有回头。他目送着他远去，看着他古怪地蹒跚而行，东倒西歪地前进，跌跌撞撞地登上一座不太陡峭的斜坡，走向小山顶那柔和的天际线里。他看到他翻过山顶失去了踪影。于是他调转视线，慢慢地环视着比尔走后剩下的这个世界。

太阳在靠近地平线的地方就要暗淡熄灭了，在混沌的薄雾和蒸汽中是那么模糊，让人感觉是一大团密集无形，说不清道不明的东西。这个人拿出表，把重心搁在一条腿上。已经四点了，这个季节差不多是七月份的尾巴或者八月份的前奏——他已经有一两周不知道准确的日期了——但他晓得太阳大概是在西北方向。他看着南方，清楚在那些凄凉的山脉后面是大熊湖。他也知道就在那个方向北极圈的界线横穿加拿大的冻土带。他正站在其中的溪水是科珀曼河的一条支流，这条河会转向北流,最终注入加冕湾和北冰洋。他从未去过那里,但有次在哈德逊湾公司的航图上见过那地方。

他重新检阅了周边的世界。这是一派让人不爽的景观。往哪里看都是模糊的天际线。山丘都很低矮。没有树木,寸草不生——除了极度无垠而可怕的荒凉外什么都没有。这让他的眼里很快就出现了惧怕的神色。

"比尔!"他低声喊了一两次,"比尔!"

他在溪水的中心畏缩了,仿佛广袤的世界正以势不可挡之势压在他身上,要用它不可一世的威严将他野蛮地压垮。他发疟疾一样地打起冷战,直到手中的枪落下,溅起水花。这才唤醒了他,他与自己的恐惧作斗争,努力打起精神,在水里摸索着找回了枪。他把包裹向左肩猛拉了拉,以便让受伤的脚踝能分担走一部分重量。然后他缓慢而小心地前进,痛苦地缩着脚向河岸走去。

他没有停步。疯狂伴随着绝望,他已经不在意伤口的痛楚了,很快爬上斜坡,走向他同伴消失的山头——与他跛脚而晃荡的同伴相比,他的步伐更加古怪滑稽。可到了山顶,他只发现一片毫无生命迹象的浅谷。他再次与自己的恐惧斗争,并战胜了它。他又一次把行李向左肩拉了拉,歪歪扭扭地走下斜坡。

谷底因为有水而湿漉漉的,厚厚的苔藓像海绵一样紧贴着水面。他每走一步,水就在脚下四溢,每当他抬起一只脚,就会听到一种类似吮吸的声音,这是由于潮湿的苔藓不情愿地松开它们抓牢的"双手"。他沿着比尔的足迹在一块块沼泽地间穿行,越过在苔藓之海里如小岛般耸峙的突起岩石。

尽管孤身一人,但他没有迷路。他知道再往前走,会来到一个小湖泊,湖边有一些死掉的云杉和冷杉,矮小而枯萎。当地语言称它为"提青尼契利",意思是"长满小杆子的地方"。还有一条小河汇入这个湖,河水可不是乳白色的。水流中长着灯芯草——他记得一清二楚,但没有木材,他可以顺流走到小河源头的那道分水岭,然后越过分水岭来到另一条小河的源头,顺流向西走,他能一直走到水流汇入迪斯河的地方,在那里他会找到一个密窖,密窖藏在一艘底朝天的独木舟下面,在其上还堆了不少石头。在密窖里他能为他的空枪补充弹药,并得到鱼钩、渔线和一张小网——所有的器具都是用来捕杀猎物和设陷阱的。同时,他还能找到面粉——不过不多——以及一块熏肉和一些豆子。

比尔会在那里等他的,然后他们在迪斯河中向南划船到大熊湖。他们到达湖的南岸后,再往南走,直到麦肯齐河为止。他们还将一路向南,那时冬天只能在他们身后徒劳地追赶，哪怕漩涡都结冰，哪怕天气变得更冷更干燥，他们会向南走直到哈德逊湾公司温暖的驿站，那里树木丛生而丰茂，食物充足而不尽。

以上都是这个男人奋力赶路时的幻想。他不仅身体在奋斗，头脑中也同样在灵魂深处闹革命，尽力想着比尔没有抛弃他，比尔肯定会在密窖那里等着他。他强迫自己这样想，不然这么拼命还图个啥？倒不如躺下等死算了。当暗淡的太阳火球缓缓地沉入西北方时，他无数次地盘算着他和比尔在冬季来临之前向南进发的每一英寸路。他也一遍遍地想着密窖里和哈德逊湾公司驿站里的食物。他已经两天没吃东西了，而没吃到他想吃的东西则更久远。他常常弯腰捡拾一些灰白的沼泽浆果，把它们放进嘴里咀嚼吞咽。这种沼泽浆果其实是一颗小种子，外面包了点水而已。水分在嘴里消散后，种子嚼起来又尖利又苦涩。这个人知道浆果里没什么营养，但他仍怀抱一种希望，耐心地咀嚼它们。这希望比常识更强大，无视以往的经验。

九点钟时，他历程的脚趾碰到了一块岩石的突起处，由于十分疲倦虚弱，他踉跄着摔倒了。他侧身躺了一会，没有任何动弹。接着他弄掉捆包裹的皮带，笨拙地坐起身。天还没全黑下来，在缓慢消失的暮色中，他摸索着在石头间寻找零碎的干苔藓。当他收集到一堆便生起火，——一堆闷烧着，冒着黑烟的火——然后他放了一罐水在火上煮。

他打开包裹后做的第一件事就是清点他的火柴，还有六十七根。保险起见，他数了三遍。他把火柴分成几份，用油纸包好。一包放进他的空烟草袋里，另一包放在他破帽子的帽檐里，第三份则放进了贴胸的衬衫里。放好后，一阵恐慌袭上心头，他打开包装把火柴又数了一遍，没错，还是六十七根。

他就着火烘烤潮湿的鞋袜。鹿皮靴已经变成了湿透的碎条。毛袜子破了几个洞，他的脚磨破了，在淌血。脚踝在抽动，他检查了一番。它已经肿得像膝盖一样大了。他从他两条毛毯中拿出一条，在上面撕下一长条来，紧紧裹住踝关节。他又撕下几条包住双脚，以代替鹿皮靴和袜子。接着，他喝掉一罐还冒着滚烫蒸汽的水，上好表，就爬进了毯子里。

他睡得像个死人。短暂的黑暗在午夜前后降临又消散了。太阳从东北方升起——至少是曙光出现在那个方向，因为太阳被乌云遮住了。早上六点他醒过来，静静地仰卧着。他直勾勾地望着灰霾的天空，知道自己很饿。当他靠肘部撑着翻了个身时，被一声响亮的鼻息吓到了，他发现一头雄性驯鹿正带着警觉的好奇注视着他。这畜生距离他不到五十英尺，他的脑海里立马闪出一个景象，他正在火上煎着驯鹿肉排，肉排吱吱作响，香气扑鼻。他机械地拿起空枪，瞄准猎物，扣动扳机。公鹿打着鼻息跳走了。鹿蹄飞奔，在岩石上碰撞出"咔嗒咔嗒"的声音。

男人咒骂着把空枪扔得老远。他边大声抱怨边站起身来。这是一桩迟缓而辛苦的差事。他的关节就像生锈的铰链。它们在连接处的动作很费力，受到很大的摩擦力，每一个俯身和起身的动作都要靠十足的精神意志来完成。当他最终站稳脚跟后，又用了大约一分钟才站直，就像一个人平日里站着那样站直。

他爬上一座小山丘，勘察着眼前的景象。这里没有树，没有灌木丛，只有一片灰白的苔藓之海，其中零星点缀着一些灰白的石头，灰白的小湖泊，灰白的小溪流。天空也是灰色的。没有太阳，连太阳的影子都没有。他找不着北了，并且忘记了昨晚来到这里的路。但他知道自己没有迷路，不久就能到达"长满小杆子的地方"。他觉得它就在左手边的某个地方，并不遥远——也许就在下一座小山后面。

他回身收拾行李，准备出发。尽管没有再停下数数它们，他确定自己还有三包分开放的火柴。可他还驻足不前，为一只敦实的鹿皮口袋在犹豫。口袋并不大，用两只手就可以盖住它。他清楚它有十五磅重——和他其余的所有家当差不多重。这让他犯难了。最终他把它搁在一边，继续打包。可他又停下来打量起这口袋。他匆忙抓起口袋，挑衅似的四下望去，仿佛这荒凉的世界会夺走它。当他蹒跚着起身，开始这一天的行程时，口袋依然在他背后的包裹里。

他一路向左，时常停下吃些沼泽浆果。他的脚踝已经僵了，脚跛得愈加明显，可这痛苦与他胃里的疼痛相比就不算什么了。饥饿带来的阵痛十分强烈。它们一阵接一阵地噬咬着他的胃，直到他再也不能集中精力去思考通往"长满小杆子的地方"的必经之路。浆果丝毫不能减轻痛楚，倒是它们刺激的味道让他的舌头和上颚也痛起来了。

他来到一个山谷，这里有一些松鸡呼呼地扑着翅膀在岩石与沼泽间飞过，还"克——克——克"地叫着。他朝它们扔石头，但没有打中。他把包裹放在地上，蹑手蹑脚地跟着它们，就像猫咪悄悄地尾随麻雀一样。锋利的石头划破了他的裤腿直到膝盖流血，在地上留下了一道血迹。但这伤痛跟难受的饥饿比起来就不算什么了。他在潮湿的苔藓上蠕动，衣服湿透了，冷得他直打战；可他毫不在意,因为他求食的欲望太强烈了。松鸡一直在他眼前呼呼飞着,"克——克——克"的叫声似乎在嘲笑他。他咒骂着它们,在它们的叫声中放声大叫。

有一次他爬到了一只无疑是睡着的松鸡旁边,他并没有看到它,直到它从岩石的角落里向他的脸直飞过来。他和跃起的松鸡一样吓了一跳,企图一把抓住它,可惜只抓到了三根尾羽。他恨恨地看着它飞走,好像它做了什么很对不起他的事。接着,他回到原处,担起了行李。随着时间流逝,他走过一片片猎物更丰富的山谷或沼泽。一大群驯鹿经过,有二十多头,看得人心急火燎,因为它们正在来复枪的射程里。他感到一种野性的渴望驱动自己去追逐它们,并确定自己能追上。一只黑狐狸向他走来,嘴里叼着一只松鸡。这个男人大叫着。多么可怕的一声叫喊啊,但狐狸在惊吓中逃走了,并没有丢下松鸡。

傍晚的时候,他沿着一条含有石灰而带着乳白色的小溪前进,溪水流过稀疏的灯芯草。他牢牢抓住这些水草靠近根部的地方,拔出一种像嫩洋葱芽而不比木瓦钉长多少的东西。它很嫩,他的牙齿咬进去会发出一种"嘎吱嘎吱"的声音,味道很不错。可它的纤维太难嚼了,因为它是由富含水分的纤维丝组成的,就像浆果一样,缺乏营养。他丢下包裹,四肢齐用地爬进灯芯草丛中,像牛一样"嘎吱嘎吱"地大嚼起来。

他非常疲劳，经常想着去休息一会儿——躺下睡觉；但他仍旧一路向前——与其说是想去"长满小杆子的地方"，倒不如说是饥饿的力量驱使。他在小池塘里寻觅着青蛙，或是用指甲挖土想找点蠕虫，尽管他知道不管青蛙还是蠕虫都不会生活在如此偏北的地方。

他徒劳地看着每一汪水，直到漫漫的暮色降临，他在一个小水塘里发现了孤零零的一条鱼，鲦鱼般大小。他把膀子猛地扎入水中，水没到了肩膀，但小鱼躲开了。他两只手都伸进水里捉鱼，水底乳白色的泥浆都被搅起来了。激动之下，他掉进了水塘，连腰部都湿了。现在水浑得让他无法捉鱼了，他只得等着泥浆沉淀下去。

追逐又继续下去，直到水再次变浑浊。但他无法等下去了。他解开皮带上的洋铁罐，开始舀起水。起初他疯狂地舀着，水打湿了身子，可由于倒得不够远，水又流回了水塘。尽管他的心脏在胸膛里怦怦直跳，手也在颤抖，但他更认真地干着，努力让自己冷静下来。半小时后水塘几乎全干了，剩下的水装不满一杯。但这里没有鱼。他发现在石头中有一条隐秘的缝隙，鱼已经从这里逃到毗邻的一个更大的水塘里了——那个水塘他一天一夜也别想舀干。要是早知道有这个石缝，开始他就会用石头堵上它,那条鱼也就归他了。想到这里,他崩溃地瘫倒在湿漉漉的地上。起初他还轻轻地哭着,后来他就冲着环绕四周的无情的荒野放声大哭,接着又干号了好一阵。

他生了一堆火取暖,然后喝了一夸脱热水,照昨晚那样在一块突起的岩石上睡下。他睡前做的最后的事就是检查下火柴仍是干燥的,并给表上好发条。毛毯又冷又湿。受伤的脚踝伴随着疼痛在抽动。可他唯一感到的就是饥饿,在焦躁不安的梦境里,他梦见的全是宴会酒席,以及可想象到的各色美味用来享用。

他在寒战和病弱中醒来。没有太阳。阴霾的天地变得愈加阴沉而深不可测。一阵原野的风吹过,第一场降雪染白了山顶。当他生火煮更多开水时,身边的气氛变得厚重而惨白。雪夹杂着雨落下,雪片又大又湿。起初它们落到地面时就马上融化了,但更多的雪片降下,覆盖了大地,也熄灭了火焰,弄湿了他用作燃料的干苔藓。

这是一个信号,迫使他打包好行李,跌跌撞撞地向前进,而他并不知道该去何方。他不再关心"长满小杆子的地方",也不去想比尔以及迪斯河畔藏在倒扣的独木舟下的密窖。他的词典里只有"吃"这个字眼了。他饿疯了。他不去注意脚下的路去往哪里,只希望走的是一条能离开沼泽的道路。他在雪水中摸索着道儿,寻觅着有水分的沼泽浆果,并凭感觉连根拔起灯芯草。但灯芯草味同嚼蜡,无法让人满足。后来他找到一种尝起来酸溜溜的野草,把它们一口气吃光了。但这些草并不多,因为它们匍匐生长在地面,很容易就给盖在几英寸厚的雪下。

他没点火也没热水喝地过了一晚,他爬进毯子后做着破碎的饥饿之梦。降雪变成了一阵冷雨,他时常醒来,感到雨水打在他仰着的脸上。白天来了——又是灰蒙蒙,没有太阳的一天。雨终于停了。尖锐的饥饿感离他远去,他对向往食物的感觉也耗尽了。胃里隐隐地绞痛,但他不以为意。他更加理智,又把主要的目标放在"长满小杆子的地方"和迪斯河边的密窖上。他把撕剩下的那条毯子又撕成几条,包扎他流血的脚。同时也包好了受伤的脚踝,准备新一天的征程。收拾包裹时,他在那鹿皮口袋前踌躇了好一阵,但最后还是带上了它。

积雪在雨水中融化了,只有山顶依旧带着白色。太阳出来了,他成功地靠指南针确定了方位,尽管他现在也晓得自己迷路了。也许是前几天的远征中,他向左偏得太远了。现在,他向右侧走,借此抵消之前可能的偏离,以便走上正确的路线。

尽管饥饿的痛楚没那么剧烈了,但他还是意识到自己很虚弱。他强迫自己时不时地停下来休息一会,找一点沼泽浆果和灯芯草吃。他的舌头干燥而肿大，好像长了一层细毛，在嘴里发苦。他的心脏给他带来了更大的麻烦。只要他走几分钟，心脏就坚持不懈地"怦怦"跳一阵，接着又一种上下起伏的蹦跳，使人痛苦。这让他几近窒息，头晕目眩。

中午时分，他在一个大池塘里发现两条鲦鱼。这里的水是舀不干的，不过他现在可冷静多了，筹划着用他的洋铁罐来抓鱼。它们不比他的小指头长，但他也不是特别饿。胃里隐隐的痛楚变得更微弱而不明显了。他的胃仿佛正在打瞌睡。他把捉到的鱼生吃下去，费力而认真地咀嚼着，因为吃东西已经纯粹是一种理性层面的行为了。尽管他毫无食欲，但他明白自己必须去吃。傍晚，他又捉到三条鲦鱼，吃了两条，把剩下的那条留作第二天的早饭。太阳已经晒干了散落的干苔藓，他可以烧点水取暖了。这一天他走了不超过十英里。接下来的一天，只要心脏吃得消，他就前进，走了不到五英里。幸好他的胃没让他感到难受。它已经沉睡了。他自己也身处异域。驯鹿越来越多，狼也多了。它们的号叫常常在荒野回荡，有次他还发现三只狼在他前方偷偷地行动。

又过了一晚。早上，他愈加理智，便打开扎在鹿皮口袋上的皮绳，粗糙的金砂和金块的黄色细流从开口倾泻出来。他毛手毛脚地把金子对半分开,将其中的一半用毯子包裹好,藏在一块突起的岩石上,另一半则倒回口袋。然后他从剩下的一条毯子上又扯下几条包裹伤脚。他仍紧抓着他的枪,因为迪斯河边的密窖里有弹药。

这是有雾的一天,饥饿感又在他体内复活。他十分虚弱,间歇性地眼花折磨着他,让他短暂失明。现在绊倒跌跤对他来说是常事;有次一个趔趄令他直直地跌进一个松鸡窝。窝里有四只刚孵化的小鸡,才出生一天——跳动着的鲜活的小生命还不够塞满嘴。他贪婪地把它们吃了。他把小鸡活生生地塞进嘴巴,在齿间像嚼蛋壳一样"咯吱咯吱"地大嚼特嚼。松鸡妈妈在他身边大叫着上蹿下跳。他把枪当做棒子去敲它,但它闪开了。他用石头砸它,有一下正巧砸伤了一只翅膀。它拖着受伤的翅膀,振翼逃走。他紧追不舍。

小鸡不过是他的开胃菜。他拖着受伤的脚踝,笨拙地蹦蹦跳跳,有时继续扔石头,有时嘶哑地吼叫着,还有时他无声地蹦跳着追击,摔倒了就坚持着耐心地站起来,如果眼花目眩的毛病袭击了他,他就用手擦擦眼睛。

他一路追击,出了谷底的沼泽,然后发现在潮湿的苔藓上有些足印,他看得出这不是他的脚印。肯定是比尔的。但他不能停下,因为母松鸡还在逃跑。他得首先拿下它,然后再回来观察这些足印。

　　他令母松鸡筋疲力尽了,但他自己同样虚脱了。它侧着身子躺在地上喘气,他就差十几英尺,也侧身躺着喘息,但就是不能爬过去抓住它。当他恢复体力时它也同样恢复了,每当他饥饿的双手即将伸向它时,它就扑着翅膀逃到他鞭长莫及的地方。追击在继续。夜幕降临时松鸡终于逃脱了。他虚脱地一头栽倒在地,脸颊划破了,包裹压在背上。他好长时间都没动弹,然后他翻了个身,上好表,就这么躺着直到天明。

　　又是一个雾天。他仅存的毯子已经有一半撕去裹脚了。他没能发现比尔的踪迹。这其实没什么。饥饿感十分强烈地驱使着他,只是他想知道,比尔是不是也迷路了。中午,他的背包恼人地压迫着他。他又一次分开金子,这次他仅仅把其中一半倒在了地上。到下午,他把剩下的金子也丢了,只留下他的半条毯子,洋铁罐,以及来复枪。

　　幻觉开始困扰着他。他自信身边还有一颗子弹,它就在枪膛里而他总是视而不见。另一方面,他又很明白枪膛实际是空的。但幻觉一直存在。他花了数个小时同幻觉作斗争,直到打开枪管,发现里面空空如也。他感到很痛苦很失望,仿佛真期待着能找到那颗子弹。

他脚步沉重地走了半个小时，再次感到了幻觉。他又与之抗争，但幻觉仍挥之不去，直到他打开枪膛，才宽慰地让自己打消念头。有时想法信马由缰跑得好远，他只得一边像机器人一样沉重地行走，一边任由异想天开的念头和臆想像蛀虫一样啃噬着头脑。不过这些思想持续不了多长时间，饥饿的痛苦总能把他拉回现实。有次他突然从臆想中惊醒，因为眼前的景象让他险些昏倒。他像醉汉一样在原地晃荡打转，竭力让自己不摔倒。他面前站着一匹马。一匹马！他简直不相信自己的眼睛。眼里一片迷雾，眼冒金星。他猛地揉揉眼睛，想看清楚。他看到的不是马，分明是一头大棕熊。棕熊正带着好斗加好奇的目光打量着他。

这个男人举起枪，但枪举在半空时他就清醒了。他放下枪，从屁股后面的镶珠刀鞘里拔出他的猎刀。他面前的是肉和生命。他的拇指沿着刀刃游走。刀刃锋利，刀尖亦然。他本可以扑向大熊，杀死它。但他的心脏开始警告他"怦、怦、怦"跳动。接着向上猛跳，连续快速跳动，头上好像带了个钢铁的紧箍咒，脑子里一阵眩晕。

他孤注一掷的勇气被一阵更强的恐惧之情给冲走了。他眼下这么虚弱，这个畜生要是袭击他怎么办？他竭力装出最威风凛凛的样子，紧握猎刀，恶狠狠地盯着棕熊。棕熊笨拙地前进了几步,站直身体,发出试探性的吼叫。如果这个男人逃跑,它就会追上去。可是他没有跑。男人因为恐惧产生的胆量令他虎虎有生气。他也野蛮而可怕地咆哮着,声音里带着那种性命攸关的、与生命最深处紧紧缠绕的恐惧。

棕熊退到一边,恐吓性地吼叫着,它自己也被眼前这个直立而不退缩的神秘生物给吓到了。这个男人纹丝不动,仿佛一尊雕塑般矗立着,直到危险过去,他才有些颤抖地倒在了湿苔藓丛中。

他鼓起勇气,整装再发。现在他有了一种新的恐惧。并非担心自己因为缺少食物被动地死去,而是害怕自己在被饥饿掏空最后一丝求生的力气前,他已经被猛兽凶残地撕成碎片。这里有狼群。它们的号叫在荒野上空来回飘荡,在空中交织出一张充满威胁的大网,这网是那么触手可及,他不由得伸手要将它推离自己,仿佛它是鼓满了风的帐篷。

野狼时不时三三两两地从他身旁穿过,但它们都明显地避开他。它们的数目还不够多,况且它们的主要目标是猎杀驯鹿,那些家伙不会战斗,而眼前这个直立行走的奇怪生物也许会连抓带咬。

傍晚时分他发现了一些零散的骨头,狼群在这里进行过杀戮。这些遗骸一小时前还是一头活生生的幼年驯鹿，叫着跑着。他凝视着骨头，它们被啃得一干二净，光滑发亮。骨头里的粉红色细胞组织还未死光。今天到头之前，他也可能会落到这个下场么？这就是生命，不是么？一种虚空而短暂的东西。只有活着才是痛苦的。死去后不会有一点伤痛。死，不过就是睡觉。它意味着停止、休息。那他为什么还对死亡那么不情愿呢？

他并没有花很长时间思考这些人生哲理。他蹲在苔藓丛里，嘴里含着一块骨头，吮吸着把它微微染成粉色的生命的碎片。甜甜的带有肉味，就像一场回忆般稀薄而难以捉摸，让他几近癫狂。他用劲地嚼着骨头。有时咬碎的是骨头，有时却硌碎了牙。接着他用石头压碎了骨头，把它们捣成酱状，吞咽下去。情急之下都敲到手指了，但他立马感到奇怪，被石头砸到的手指并不觉得疼。

可怕的雨雪天来临了。他不知道何时该露营，何时再出发。他在夜间走的路与白天一样多。在哪里摔倒他就在哪里歇着，当体内微暗的生命的火苗重新跳动，微弱地燃烧时，他再费力地继续上路。他是个不再去奋斗的人，不过是体内的生命力不愿意死去，驱动着他向前。他不再被痛苦折磨了。他的神经迟钝、麻木，而脑海里充满着光怪陆离的幻觉和美好怡人的梦境。

不过,他一直在吮吸、咀嚼着幼年驯鹿的骨渣,最后一点点剩下的骨头他都收集好带在身边。他不再翻山越岭,只机械地顺着在宽广的山谷间流淌的一条大河前进。他看不见这条河,也看不见山谷。他只看得到脑子里的幻象。灵与肉已经分离,并排向前走着,爬着,连着它们的纽带是那么纤弱。

他在清楚的意识中醒过来时,正仰面躺在一块岩石上。太阳明晃晃地照着,十分温暖。他听到有群幼年驯鹿在很遥远的地方。他迷迷糊糊地唤起了有关刮风下雨下雪的记忆,至于他被风吹雨淋了两天或是两个星期,他就不清楚了。

他一动不动地躺了会儿,和煦的阳光洒满他全身,令他可怜的身躯倍感温暖。他想,今天天气不错。也许他能想办法确定好方位。他痛苦地努力翻了个身。身下有一条宽阔的河流正缓缓地流淌。陌生的河流让他困惑。他的目光跟随河水缓慢地移动,河水在一些荒凉裸露的山岭中蜿蜒,这些山比他之前路过的山丘还要荒凉、光秃、低矮。他慢慢地、深思熟虑地、毫不激动地,或者最多就心血来潮地看着河水向天边流去,注入一片明亮耀眼的大海。他仍不感到激动。太不可思议了,他心想,是幻觉吗?又或是海市蜃楼——多半是幻觉,他混乱的大脑跟他开了个玩笑而已。当他看到有一艘船正抛锚停泊在海中时，更确定这不过是幻觉。他闭上眼睛，好一会儿才睁开。奇怪的是这景象还存在着！当然并不奇怪了，他知道在这荒凉大陆的中心哪来的海和船呢，就像他知道他的空枪里没有一颗子弹一样。

他听到背后有吸鼻子的声音——几乎要窒息的喘气或是咳嗽的声音。因为极度虚弱，身体僵硬，他十分缓缓地翻身到另一侧。他没看到附近有什么东西，但他耐心地等待着。鼻息与咳嗽声再度响起，就在离他不到二十英尺的两块锯齿状石头中间，他分辨出有一个灰狼的脑袋。尖利的耳朵没有他看到的其他狼耳朵竖得那么笔直；狼眼模糊充血，狼头似乎很无力很寂寞地垂下。这畜生在阳光下不住地眨眼睛。看来是有病。他看到它又一次吸着鼻子在咳嗽。

这至少是真的吧，他想。他又翻了个身，要把之前因为幻觉而被遮蔽的世界看个真切。大海依旧在远方波光粼粼，那艘船也很好辨认。它们难道都是真的？他闭上眼睛想了很久，终于想明白了。他一直在北偏东方向走，远离了迪斯河的分水岭，来到了科珀曼河的河谷。那条宽广的缓慢流淌的河流正是科珀曼河。耀眼的海水就是北冰洋。那艘船是捕鲸船，向东偏离了好远，它从麦肯齐河河口驶出，在加冕湾里抛锚了。他想起很久前看过的哈德逊湾公司的航图。现在，一切都明明白白，合情合理地展现在他面前。

他坐起身，把注意力转向眼下最主要的事情上。他的毛毯裹脚布已经磨穿了，双脚磨得像生肉一样，肿得不成形。他最后的毯子已经用完了。刀枪都丢失了。帽子不知道在哪里也丢了，连着帽檐里的火柴也一起没了。但用油纸包着装在烟草袋里，贴胸放着的火柴还在，并且很干燥。他看看表，十一点了，指针依旧在走。很明显他一直没忘给它上发条。

他冷静而镇定。尽管极度虚弱，但他丝毫不觉得痛苦。他也不饿。对食物的憧憬并不能让他开心，他眼下所做的一切都是出于理性使然。他从裤腿的膝盖部位撕下几条包裹伤脚，鬼使神差的是他还好好地保留着洋铁罐，在开始向那艘船行进的征途前，他可以先喝点热水。他已预见到那将是一段可怕的旅途。

他的动作迟缓，像一个中风患者一样哆嗦着。当他收集干苔藓时，他发现自己站不起来了。他一次次地尝试未果，于是只能手脚并用地在地上爬。有一次他爬到了那只病狼附近。狼勉强地挪了挪身子给他让路，用似乎都没力气卷起来的舌头舔了舔牙床。男人注意到它的舌头呈现出的不是健康的红色,而是一种棕黄色,上面似乎还有一些粗糙半干的黏液。

喝了一夸脱热水后,他能站起来了,甚至能像一个垂死的人可能的那样走路了。每走一分钟左右他就得休息一下。他的脚步无力而不稳,就像尾随他的狼一样无力而不稳。那一夜,当大海被黑暗笼罩时,他晓得自己离船近了不到四英里。

整夜他都能听到病狼的咳嗽声,不时还能听到小驯鹿的叫声。这就是他身边的生命,但都是健康强壮的,活蹦乱跳的生命。他也知道病狼紧跟着他这个病人,就是期望他先死掉。早上睁开眼睛,他见到它用一种十分饥渴的眼神盯着他。它蜷着身子,夹着尾巴,好似一条可怜的丧家之犬。在早晨的寒风中它打着哆嗦,当男人用低沉嘶哑的声音冲它嚷嚷时,它就没精打采地龇牙咧嘴。

太阳明晃晃地升起,一早上这个男人都在跌跌撞撞地向海里的那艘船进发。天气好极了。这是高纬度地区冬天来临前忽然短暂回暖的"小阳春"天气,也许还会持续一周,也许明后天就结束了。

下午,这个人发现了一些踪迹。是另一个男人留下的,那个人不是在走,而是四肢并用地拉着自己向前。他想,也许是比尔留下的。不过他也就随便地,不在意地想了想而已,没有一点好奇。事实上,感知力与激情都离他远去了。痛苦再也不能拿他怎么样了。胃与神经都休眠了。只有内在的生命力催他向前。他很疲倦,但生命力拒绝死亡。正因为它向死亡说不,他才吃了些浆果和鲦鱼,喝了点热水,小心翼翼地提防着那只病狼。

他顺着那个挣扎向前的人的足迹前进,很快就到了终点——一些新鲜的,被啃过的骨头散落在潮湿的苔藓上,上面还留着狼群的脚印。他看到一只与他自己的鹿皮口袋一样的口袋,已经被锋利的牙齿撕开。他捡起口袋,尽管它的分量对于他无力的手指来说过于沉重了。比尔到死都带着它。哈哈!他可以嘲笑比尔了。他能够幸存,并带着它上船。他的笑声暗哑而可怕,就像乌鸦的叫声,病狼同他一起号叫,声音凄惨。忽然他不笑了。如果真的是比尔的遗骸,他怎么还笑得出来?这些粉白色的被啃干净的骨头,真的是比尔的?

他转过身。好吧,比尔是抛下了他,但他不会拿走这些金子,更不会去吸吮比尔的骨头。尽管调换一下位置,比尔可做得出来。他边蹒跚前进,边暗暗思忖。

他来到一个小池塘边,俯下身子想寻觅一些鲦鱼。他猛地缩回头,好像被戳了一下。他看到了水中自己的面孔。可怕至极的面容啊,竟然唤醒了他的感知能力,令他震惊。水中有三条鲦鱼,池塘太大无法舀干水;经过几次想用铁罐捉鱼而无效的努力后,他放弃了。他害怕自己十分虚弱,会一头栽进水里淹死。正因为这样,他才没跨上众多在沙滩边漂浮的原木中的一根,去随波逐流。

这天他把自己与船之间的距离又拉近了三英里,第二天又近了两英里——他就像比尔之前那样爬行,在第五天即将过去时,他发现离船还有七英里,而他一天连一英里都爬不动了。"小阳春"天气还在持续,他也继续爬行,继续晕眩,如此循环地前进。那只病狼一直咳喘着跟在他身后。尽管他已经把衬衫垫在膝盖下,他的膝盖还是磨得和双脚一样血肉模糊。他在苔藓和岩石上留下一道长长的血痕。有一次,他回头瞧见病狼正十分饥渴地舔着他的血痕,他清晰地预见到自己的结局会——除非——除非他干掉这只狼。于是,一幕从未上演过的生存悲剧开演了——一个病人在前面爬,一只病狼在后面舔着他的血迹,两个生灵都拖着奄奄一息的皮囊穿过荒野,都想着要了对方的命。

如果是一只健康的狼,对这个男人来说倒没什么了,但一想到将葬身在这个面目可憎的垂死家伙的腹中,他就一阵恶心。他太讲究了。他的脑子又开始神游了,又被幻想弄得稀里糊涂,而头脑清醒的时候却越来越短,越来越少。

耳边的喘息声有次把他从昏迷中唤醒。狼瘸着腿向后一跃，由于虚弱而失足摔倒。看起来很可笑，但他笑不出来。他倒也不害怕，那些正常反应离他已经很远了。不过他的脑子在此刻清醒过来，开始躺着思考。离船不到四英里了，当他擦去眼里的迷雾后能清楚地看到它，还能看到一艘挂白帆的小船在闪耀的海水中破浪前进。可他怎么也爬不完这四英里里。他清楚这点，很淡定地面对这个事实。他晓得自己爬不了哪怕半英里路。但他仍想活下去。经历了千辛万苦后就这么死掉，太没天理了。命运对他太苛刻了。就剩一口气，他也不想死。也许是完全疯了，但就算已经被死神捏在掌心，他还要反抗死亡，不愿就此死掉。

他闭上眼睛，极力防备着。疲倦仿佛涨潮，淹没了他身体的各个部位。他强打精神，抵挡着令人窒息的疲倦。但致命的疲倦浪潮越涨越高，一寸寸地漫过他的意识。有时，他几乎被完全淹没了，但他还是艰难地爬着，爬向迷茫的前方；又有时，借着灵魂里某些奇异的魔力，他又找到一些毅力，于是爬得更有力了。

他面朝上躺着，一动不动，他能听见病狼呼哧呼哧地喘息着缓缓向他靠近。近了，更近了，好像过去了无穷无尽的时间,而他仍纹丝不动。它来到他耳边,毛糙的干舌头像砂纸一样舔磨着他的面颊。他猛地伸出手——至少是他的意志驱使它们伸出去。手指如鹰爪般弯曲着,但是抓了个空。敏捷与精确需要力量,而这个男人已经没有力气了。

狼的耐心叫人害怕。人的耐心同样可怕。半天工夫他都静静地躺着,与神志不清的意识相抗争,并等待吃掉那只狼,同时,狼也想吃掉他。有时疲倦的大海淹没了他,他坠入长久的梦乡,但无论醒着或在梦中,他都在等待"呼哧呼哧"的喘息,以及干燥长毛的舌头。

他没听到喘息声,从梦中慢慢苏醒,感到有条舌头正在舔他的手。他等待着。尖牙渐渐地咬紧了,压力在增加;狼正使出最后一点力气,去把牙齿嵌进它期盼已久的食物中。但这个人也等了很久,他用被咬伤的手抓住了狼的下颌。慢慢地,狼无力地挣扎着,手也无力地抓着,另一只手在此时渐渐伸上来,一把抓紧了狼。五分钟之后,这个人把全身的重量都压在了狼身上。他的手没有足够的力气把狼扼死,但他的脸已经离狼的喉咙足够近了,他的嘴里塞满了狼毛。半小时后,他感到一股热流淌进了他的喉咙。味道并不好,就像熔化的铅水硬灌进他的胃里,他全凭意志咽了下去。之后,他翻了个身,沉沉睡去。

捕鲸船"贝德福德号"上载有一些科考队员。他们在甲板上注意到岸上有个不明物体。它正从海滩上向水里进发。他们没法确定那是什么,作为科学工作者,他们登上船侧面的小捕鲸筏子,向岸边划去,来瞧个究竟。他们发现这是个活物,但已经很难算是个人了。它双目失明,没有意识,好像一条巨型蠕虫一样在地上蠕动。它的努力基本是徒劳的,但它仍在坚持,它翻滚着,扭动着,也许一小时能前进二十英尺。

三周后这个男人躺在捕鲸船"贝德福德号"上的铺位里,眼泪泉涌般从他瘦削的脸庞流下来,他告诉了大家他是谁,他经历了什么。他还含糊不清、语无伦次地说起他母亲,阳光明媚的南加州,以及他坐落在橘树丛和花丛中的家。

没过几天,这个人就和科考队员以及船员同桌吃饭了。他十分满意地望着如此多的食物,又焦虑地看着它们进了别人嘴里。别人吃掉的每一口食物,都让他眼里流露出无比遗憾之情。他相当清醒,但他痛恨吃饭时间出现的其他人。他被担惊受怕的情绪所困扰,害怕食品不能维持多久。他向厨子、船舱的侍者、船长打听食物的储备情况。他们向他保证了无数次,但他总不信,经常狡猾地溜到储藏室附近亲眼鉴定一番。

大家注意到这个男人变胖了。每一天他都在变强壮。科考队员们摇摇头，想用科学理论去解释。他们控制了他的饭量，可他的腰围还在增加，衬衣下的躯体见长了好多。

水手们笑而不语。他们知道真相。等到科考队员们派了一个人监视这个男子时，他们也知道了原委。他们看到他早饭后无精打采地走上甲板，像一个讨饭的一样伸长胳臂，和一个水手搭讪。水手咧嘴笑了，给了他一片干面包。他贪婪地抓住面包，就像守财奴对着金子般看着它，接着把它塞进衬衫里。其他咧嘴笑的水手都给了他类似的馈赠。

科考队员们很慎重。他们任由他去了。但他们偷偷检查了他的铺位。硬面包成排放着，床垫里也塞满了硬面包，每一个角落和缝隙都塞满了硬面包。他可神志清醒着呢，他正在为另一场可能的饥荒未雨绸缪——就这么回事。他能恢复健康，科考队员如是说。他也真的康复了，还没等到"贝德福德"号"隆隆"地在旧金山湾下锚停泊呢。

野性的呼唤

第一章　走进远古

远古的渴望不断地跳跃在令人烦躁的习俗的桎梏上；

冬天的睡梦又一次唤醒了桀骜不驯的性情。

巴克没有读报纸，否则他就会知道危险迫在眉睫，这危险不是对他自己，而是每一条生存在从普吉特海湾到圣地亚哥海岸线上的肌肉强壮的长毛大狗。在北极圈黑暗中摸索的人们已经发现了一种黄色金属，由于蒸汽船运输公司的鼎力相助,成千上万的人涌入北方。这些人需要狗,特别是体型庞大、肌肉强壮的大狗,他们要这些狗辛苦工作,也需要狗的皮毛来防寒御冷。

巴克生活在阳光充足的圣克拉拉山谷的一座大房子里,那是米勒法官的地盘。这座房子在马路的后面,半遮半掩地坐落在树丛中,透过树荫就能看见房子四围宽阔清爽的阳台。房子前面有条碎石铺筑的马路,在白杨树交错的枝条下面,一直横穿宽阔的草地。房了的后面比前面更加宽敞,树木也更加茂密。那有一座大马厩,能容得下一打马夫和孩子们。还有一排排仆人住的茅草房,一间间望不到边而排列有序的外屋。长长的葡萄藤、绿绿的牧草地,生长着累累的浆果。还有一个为自来井水的抽水泵房子和一个大的水泥水池,米勒法官的伙计们早上把井水管放到水池中,这水一直到下午还凉凉的。

巴克是这块私人领地的统治者。他出生在这个地方,并在这儿生活了四个春秋。事实上,这块领地也有其他狗。在这么大的地方也不可能没有其他狗,只不过这些狗不上数。这些狗来来去去,居住在狗群中,要么就跟着时髦的日本哈巴狗"图茨"躲藏在阴暗的屋子里,要么像奇怪的墨西哥少毛狗"伊莎贝尔"一样,很少出门,也很少到外面散散步。另外还有一群长得像狐狸似的小猎狗,至少也有那么二十多条,图茨或者伊莎贝尔往窗外探看的时候,他们就有点害怕又有点儿挑衅地叫唤着,大队女仆就会武装着扫帚和拖把来保护他们。

但是巴克既不是家养的狗,也不是狗群中的狗。这儿整个领域都是他的。他会跳到水泥游泳池中冲凉,也会追逐着法官的儿子到处跑;他是法官女儿莫莉和爱丽丝的护花使者,陪她们在黄昏时分或者晨曦中散步;寒冷的冬天,他就躺在法官脚边,烘烤着团团的壁火;他把法官的孙子驼在背上,有时又会和小孩子们一起在草地上打滚;他保护着孩子们穿过荒地走到马厩边上的泉水池,还有围场的小空地和浆果园。在这些小狗中,他昂首阔步,完全不在乎图茨和伊莎贝尔,因为他是这里的王——他统领米勒法官领土上所有的动物:会爬的、会飞,当然也包括人在内。

他的爸爸爱蒙,是条强壮的圣伯纳德犬,与法官形影不离,巴克有希望能跟随着爸爸的光辉足迹。巴克不是很强壮,只有一百四十磅,因为他的妈妈希波是苏格兰的牧羊犬。然而尽管只有一百四十磅,优越的生活和普遍的尊敬使得他特别尊贵,足以使他显示出王者的风范。从他幼年时期开始的四年时间,过着心满意足的贵族生活,他对自己感到很骄傲,曾经是个自我主义者,就像乡村绅士眼界狭窄而洋洋自得一样。他已经努力挽救自己而不变成娇惯的家犬。狩猎和看护家庭减掉了他的脂肪,强壮了他的肌肉;对于他来说,冷水浴是令人兴奋的,也是有益于健康的。

这是一八九七年秋季巴克的生活方式,而此时克朗代克地区罢工正驱使人们从世界各地涌入冰冷的北部地区。但是巴克没读过报纸,他也不知道一个园丁助手曼纽尔,会是他不相投的熟人。曼纽尔有一个令人讨厌的坏毛病。他喜欢赌博,而在他的赌博中又有一个令人讨厌的弱点——特别守规矩,注定了他的厄运。赌博需要钱,而他作为一个园丁助手的工资还不够接济老婆孩子的生活呢。

在值得回忆的曼纽尔叛变的夜晚,法官正在葡萄种植协会开会,孩子们正忙着组织体育俱乐部。没有人看见他和巴克穿过橡树林,而巴克仅仅把这当成了一次闲逛。除了一个孤独的男人,没人看见他们到了被人称作学院公园的小旗站。这个男人和曼纽尔谈了一会儿,就听见了钱币叮当作响。

"交货之前,你可以把这些东西拿走了。"这个陌生的男人粗暴地说,曼纽尔就用结实的绳子在巴克的脖子下面套了两圈。

"再使劲拧，会把它憋死的。"曼纽尔说，而这个男人却粗暴而坚决地开始动手了。

巴克镇定而高贵地接受着绳子的捆绑。说实在的，这是个不怎么习惯的动作，但是他学会了要相信人类，人的智慧远远超过了他。但是当绳子的一端放在了这个陌生人手里的时候，他开始威胁地咆哮着。他仅仅暗示了自己的不愉快，在他骄傲的想法中，暗示就是一种命令。但是令他惊讶的是这绳子紧紧地缠住了他的脖子，快要令他窒息了。在暴怒中，他扑向了这个男人，这个男人就紧紧地掐住了巴克的喉咙，灵巧地一拧就把巴克摔在了地上。然后就用绳子残忍地将他捆住，巴克愤怒地挣扎着，他的舌头从嘴巴里奋拉出来，强壮的胸微弱地喘息着。在他的生命中，从来没受过如此卑鄙地对待，也从来没有如此愤怒过。他的力气衰竭了，眼睛呆滞地瞅着，当火车飘舞着旗帜进站时，他知道什么都没有用了，这两个男人就把他扔进了行李车里。

巴克迷迷糊糊地意识到舌头受伤了，他感觉正沿着某个运输工具颠簸着。穿过一个路口就会有鸣笛声，使他明白在哪了。巴克常常和法官一起旅行，他对行李车的颠簸并不陌生。他睁开眼睛，看见了那个令他抑制不住愤怒的绑架他的人。这个人又扑向巴克的喉咙，对于巴克来说,这太快了,他的下巴眨眼就被牢牢掐住,直到感觉再一次窒息,这个男人才松开手。

"妈的,你有种",这个男人说着藏起了他受伤的手,行李看护员正被这打斗声吸引过来了,"我要把他交给弗里斯克的老板。那最好的狗医生能够把他治好"。

考虑到那天的行程,旧金山河前面有个娱乐场,后面是个小棚子,这个男人就在那絮絮叨叨地自言自语。

"这次我弄到了五十只",他嘟囔着说,"我还得不到一千块钱,少得可怜啊"。

他的手包着一块血手帕,右边的裤腿从膝盖一直撕破到脚踝。

"另一个家伙要多少钱?"娱乐场看门的人问道。

"一百",他回答,"再也不会比这个数少了,行行好吧"。

"这只一百五",娱乐场的看门人计算着,"他值,否则的话我就是傻瓜"。这个绑架犯解开了他裹着的血迹斑斑的手帕,看着他受伤的手:"我不会得狂犬病吧?"

"会的,谁让你是刽子手的儿子",娱乐场的看门人狂笑着,"拖你的东西之前过来帮帮我",他接着说。

巴克头晕目眩地忍受着喉咙和舌头的疼痛,他感觉半条命差点没了,他试图去反抗折磨他的人。但是他被摔倒了,被掐住了,直到他们成功地将沉重的黄铜圈套在他的脖子上。绳子被拿下来了,他被扔进了笼子一样的箱子里。

他躺在那,等待着这个疲倦的夜晚慢慢过去,为他的愤怒和受伤的骄傲疗伤。他不明白这究竟意味着什么。那个陌生的男人想让他怎么样?那些人为什么要把他关在这个狭窄的笼子里?他不知道为什么,但是他感觉压抑,朦胧中觉察到了灾难的来临。那个夜晚,只要小棚屋的门嘎吱作响地打开,他就挣扎着站起来,希望能看见法官,哪怕是他的孩子们也好。但是每一次都是那个看门人肉乎乎的脸,借着蜡烛微弱的光亮来窥视他。而每一次巴克喉咙里颤抖着的欢快叫声都会扭曲成愤怒的号叫。

看门人把他孤零零地扔在那儿,早上四个人进来抬起了笼子。巴克知道,来了更多的折磨者,他们长相狰狞,破衣烂衫,他在笼子里拼命而疯狂地吼叫着。他们只是笑,然后用棍子戳他,他就迅捷地用牙齿攻击那个木棍,直至意识到这样的结果正是他们想要的。从那开始,他阴沉地躺下来,容忍了这个木笼被抬到货车上。然后他和囚禁的笼子,开始在许多只手中交易着。快运公司的职员负责照管他,他被放进了另外一个货车里。一个卡车载着他，跟一些分类好的笼子和包裹又上了蒸汽车；从蒸汽车上下来又被放进了火车站仓库；最后被放进了邮政汽车。

这个邮政汽车跟随在尖叫的火车尾巴后面开了两天两夜，而巴克在这两天两夜里没吃没喝。他愤怒地朝着第一批来取东西的邮递员狂吼，他们通过挑逗来报复他。他会凶猛地冲向围栏，颤抖着，口吐白沫，他们就嘲笑他、戏弄他。他们也咆哮着学让人讨厌的犬叫，假装被关进笼子里，挥动着胳膊像乌鸦一样叫。他知道，他这么做有多么愚蠢；但是越是嘲弄他的尊严，他的愤怒就会越来越膨胀。他不在乎他有多饥饿，但是没有水喝却使他遭受了严重的痛苦而变得更加的暴虐。缺水、痛苦地挣扎和极度的敏感，还有不断地被虐待，这导致巴克发起了高烧，高烧又传染到干灼肿胀的喉咙和舌头。

但有一件事还是让他感到高兴——绳子从他的脖子上拿下来了。这条曾经给那些绑架、嘲弄他的不公平的绳子，现在终于被拿下来了，他可以向他们宣战了。他们再也不可能把另一条绳子绑在他脖子上了。因为只要有那个东西，他总是会被制服。在这两天的时间里，他没吃没喝，受尽了折磨，积聚了所有的仇恨。谁敢向他挑战，谁就是自讨苦吃。他的眼睛怒火中烧，开始变成个愤怒的恶魔。甚至连法官也难以辨认出他这副模样，邮差从火车上把他送下来的时候大大地松了一口气。

四个男人兴奋地把这个箱子从货车上搬下来，搬到了一个狭小而又高墙耸立的后院。这时走出来一个穿着红毛衣的人，衣服领子肥嗒嗒地垂下来，在司机的簿子上签了名。这个男人，巴克凭直觉就知道这是下一个折磨他的人，他凶猛地撞击着栏杆。这个男人邪恶地笑着，手里拿着斧子和棍子。

"难道你现在就要把他放出来？"司机问道。

"对。"这个人回答，接着就拿斧子去撬箱子。

四个抬箱子进来的人，嗖的一下都跑散了，然后顺着梯子爬到墙上，准备观看这场表演。巴克冲向了快要断裂的木头，用牙齿撕咬，或者抱着这块木头摔打。无论斧子落在了外面的什么地方，他就在里面配合着，冲到什么地方，咆哮着、狂吠着。起初这个红毛衣的男人还想平静地把巴克放出来，随着巴克的激动，他也越来越急。

"现在你是个红眼的魔鬼。"他说，他打开了一条缝隙可以让巴克的身体从里面出来。同时他迅速地把斧子扔到了地上，右手握住了木棍。

巴克确实是个红眼的魔鬼，他用尽全身的力气跳出来，毛发根根倒竖着，嘴里吐着白沫，愤怒的眼睛里喷射出疯狂的火焰。巴克把一百四十磅的愤怒身体径直扑向了这个人，宣泄着两天两夜来被囚禁的痛苦。半空中，巴克的下巴差一点就要碰到这个人了，身体猛然受到一击，牙齿都抽搐到一起了。他翻了个跟头，侧摔在地上。这辈子他还没受到过棍棒的击打，还不知道是什么滋味。他又号叫着站起来，这凄厉的声音中掺杂着一点儿犬吠和更多的尖叫，他冲向了那个男人，又经历了一次打击，他又被狠狠摔倒在地。这一次他意识到了棍子的厉害，但是疯狂使他绝不在乎。进攻了很多次，都被击溃了，都被狠狠地摔在地上。

经过了一顿猛烈的击打以后，他试图爬起来，头被打得晕晕的，实在凶不了了。他现在四肢无力，血从鼻子流出来，从嘴巴、耳朵流出来，他那漂亮的皮毛上溅满了血迹和口水。这个男人走上前来，对着巴克的鼻子又打了可怕的一拳。曾经遭受的痛苦和这一次比起来实在算不了什么。随着一声雄狮似的咆哮，巴克又一次扑向了这个男人。但这个男人把棍子从右手换到了左手，右手冷酷地抓住巴克的下颚，同时向下向后一拧。巴克在空中划了一道完美的弧线，又转了半圈，他的头和胸就此重重地摔在地上。

这是他的最后一次猛扑。这个男人又把他打倒了。

巴克终于被制服了，被打的毫无知觉。

"他绝对不是一个脓包。"墙上的一个人高声喊着。

"宁可一天制服一匹野马，也不一天制服两匹孬马。"司机回答着，就爬上四轮马车，赶着马走了。

巴克慢慢地有了知觉，但是力气还没有恢复。他躺在摔倒的地方，瞅着那个穿红毛衣的人。

"他的名字叫巴克。"这个人自言自语地说着。这个名字是娱乐场看门人来的信上说的，这封信还列出了箱子里的其他东西。"哈，巴克，我的孩子"，他继续用和善的语调说着，"我们曾经有点儿小小的不愉快，现在我们唯一能做的就是把它忘掉，不理它。你要知道你所处的形势，我也要知道我的。如果你要做一条好狗的话——看见那高高挂起来的鹅了吧——会过上好日子，如果不好好地话，看我怎么用鞭子抽你。明白了吗?"这个男人一边说着一边用手拍着刚刚被他暴打的巴克的头，这只手一触到巴克的头时，巴克毛发又下意识地竖起来了，不过这次他忍着没有反抗。这个男人给巴克拿来了水，他迫不及待地喝起来，这个男人又兴冲冲地给巴克拿肉吃，一块一块地递过来。

巴克知道被打了，但是他没有被打败。只是经历过这一次就明白了，如果那个男人手里拿着棍子，他就没有反抗的机会。他牢牢记住了这个教训,在以后的生命中从来没有忘记过。棍子就是象征,象征了最原始的统治法则,只不过他刚刚知道而已。生命的事实呈现出一种可怕的景象,而面对这种景象又不能胆怯的时候,最好的面对办法就是唤醒生命中潜在的狡猾的本性。随着时间的流逝,其他狗也来了,有的被放在笼子里,有的被绳子拴着;有的狗来的时候很温顺,有的来的时候和巴克刚来的时候一样充满了仇恨。他看着所有的狗都要在那个红毛衣男人的统治下过活。一次又一次地,他看着这个残忍的表演,这个教训在巴克心里深深扎了根:拿着棍子的人就是规则的制定者,主人没必要来安抚你,你也必须服从。明白这个道理以后,看到有些狗讨好巴结主人,摇摆着尾巴,舔主人的手,他再也没有罪恶感了。当然他也看见了一条狗,绝不服软,最后被活生生地打死。

渐渐地来了很多陌生人,甜言蜜语地用各种时髦的方式讨好这个红毛衣男人。然后他们就一手交钱,一手带狗,有的时候带一条,有的时候带走好几条狗。巴克想知道他们究竟去什么地方,可他们一直没有回来。对未来的恐惧占据了他的心灵,每次他都非常高兴自己没被挑走。

这一天终于还是来了,一个矮小猥琐的男人,操着一口蹩脚的英语,夹杂着很多奇怪粗俗的感叹词,让巴克怎么也搞不明白他在说什么。

"这个混蛋",他大叫着,眼睛不断地扫视着巴克,"这只该死的狗,呃,多少钱?"

"三百块,交现钱",红毛衣男人迅速地回答着,"你也知道这是政府定的价钱,你别靠近他,这只狗很凶,呃,贝奥罗"。

贝奥罗龇牙咧嘴地笑着,觉得这狗的价钱也太天价了,有点不想要了,不过后来想想这么好的一条狗,这个价格也算公平了。加拿大政府怎么能吃亏,下发的文件绝对不会落后的。贝奥罗了解狗,他看一眼巴克就知道他是千里挑一的狗,"千里挑一的狗啊。"他喃喃地评论着。

巴克看到他们交钱了。"新大陆发现者"克莉和他一起被带走的时候,巴克一点都不觉得惊讶。这是他最后一次看见红毛衣男人,克莉和他站在"独角鲸"船的甲板上看着渐渐远去的西雅图,这也是他最后一次遥望着南方温暖的土地。

克莉和他被贝奥罗带走了,又被转交给一个黑脸的大汉弗兰克斯。贝奥罗是个法裔的加拿大人,皮肤黑黝黝的,而弗兰克斯只有一半的法裔加拿大血统,有贝奥罗两倍黑。这是巴克认识的又一种类型的男人（注定这辈子要遇到很多种），他虽然对这些人没有任何感情，但依然产生了对他们的尊敬之情。他渐渐感觉到贝奥罗和弗兰克斯是公正的人，冷静而公平地主持正义，只不过他们太精明了而不会被狗愚弄。

在"独角鲸"号甲板上，克莉和巴克和另外两条狗养在了一起。其中一条是大狗，这条浑身雪白的家伙是捕鲸船船长在斯匹次卑尔根岛买来的，后来陪着一个地质考察团去了荒凉的地方。

他是个友好的家伙，不过带有点叛逆的狡猾，当他要耍点鬼把戏的时候，就面带微笑地作弄人。比如有一次，巴克第一次吃饭，就偷巴克的饭。巴克恼火地要跳起来惩罚他的时候，弗兰克斯的皮鞭在半空中响起，落在了偷食者的身上，而没有打在巴克身上，巴克只是哆嗦了一下。他觉得这就是弗兰克斯的公平，这个混血儿逐渐得到了巴克的尊敬。

另一条狗没什么特别之处，他也不会得到什么，当然也不会试图去偷新来者的食物。他是个悲观、乖僻的家伙，他对克莉表现得很平静，他最想做的事情就是独自一个人待着，也就是说如果他不是一个人待着，麻烦就要来了。他们都叫他"戴夫"，他吃完了就睡觉，有的时候还会打哈欠，对什么事情都不感兴趣，甚至当"独角鲸"号船穿过莎洛特王后群岛，船开始起伏摇晃的时候，他也是一副事不关己的样子。巴克和克莉变得有点兴奋的时候，有些撒野，也有些害怕，戴夫好像被打扰了才抬起头看看，回报他们的是愤怒的一瞥，然后打了个哈欠，又开始睡觉了。

日日夜夜，这只船就在螺旋桨的推动中摇晃着前进，每天的生活都差不多，不过巴克明显地感觉到天气越来越冷了。最后一天早上，螺旋桨安静了，"独角鲸"号沉浸在一片欢呼的海洋中。巴克和其他狗都有同样的感受，生命中的另一段变化随即而至。弗兰克斯给狗拴上了皮带，然后带他们上岸。第一脚踩上这冰冷的地面，巴克的脚陷到了白色的、软绵绵的、像泥一样的东西里。他吓了一跳，哼哼着往后一跳，这白色的东西更多地从天空中飘落下来，他抖搂着身体，更多的又掉到了他的身上。他觉得有点奇怪，僵在那里，然后用舌头舔身上的东西尝了一尝。他的舌头感觉像火一样刺激了一下，不过很快这个东西就没了。他又试了一次，结果还是一样。旁边的人看到了哈哈大笑，巴克觉得有点害羞，他不知道为什么，因为这是他第一次见到雪。

第二章 棍棒和尖牙法则

巴克在德伊海滨的第一天就像在噩梦中。每个小时都充满了震惊和错愕。他从文明的中心一下子掉入了原始野蛮的恐惧中。这地方没有懒惰,每天都阳光普照,可是每天除了枯燥乏味之外什么都没有。这里既没有和平,也没有休息,甚至连一刻的安全都没有。这里的一切都是混乱的,都要重新开始,生命的每时每刻都处在极度危险之中。迫切需要的是时刻警觉,因为这里狗和人没有生活在城镇里,他们是原始的野蛮人,他们不知道什么是法律,唯一知道的只有棍棒和尖牙。

这些狗打斗起来像狼一样残忍,他从来没有看见过,第一次的经历让他终生难忘。事实上这是个间接经验,如果是他自己真实的经历他就无法享受这个教训的好处了。克莉是个受害者。他们在一个原木仓库外安营扎寨,克莉在那个地方用非常友好的方式接近一条声音沙哑的狗,这狗的体格也就像个成年的狼那么大,还不及克莉一半大。没有任何警告,他忽然跳起来,一排铁夹子似的牙齿闪了一下,克莉的脸就被从眼睛撕到了下巴。

这就是狼的战斗方式,迅速攻击,然后跳走,不过这只是一个序幕，还有更猛烈的。三四十条强壮的狗迅速赶来，不怀好意地围成一圈，静静地，克莉既不明白他们的目的是什么，更不明白他们纷争美食的渴望。克莉冲向了她的对手，那条狗扑过来，然后又迅速地闪开。克莉接着又向着他的胸口扑过去，还没扑到那只狗，自己却摔倒了。克莉还没反应过来，可那些围成一圈的狗已经踩到克莉的身上，撕咬她，在一片狂吠与欢呼声中，克莉被终极了。

发生的太突然了，巴克被吓坏了。他看到了斯皮茨伸出他深红色的舌头笑着，也看见了弗兰克斯，挥舞着斧头冲进了狗群。三个男人拎着棍棒把狗群吓跑。所有这一切的发生只用了很短的时间。从克莉倒在地上，到最后一条攻击者被打跑，只用了两分钟的时间。她就那么躺在血泊中，生命全无，陷在雪中的身体几乎被撕成碎片。那个皮肤黑黝黝的混血儿站在她旁边边骂边诅咒着。这个场景经常在巴克熟睡的梦境中困扰他。就是这种方式，没有任何公平而言。只要倒下一次，也就是最后一次。他已经明白了无论如何也不能倒下。斯皮茨又伸出他的舌头笑起来，从那个时候开始，巴克恨他，痛苦而永不灭绝的仇恨。

巴克还没有从克莉惨剧造成的惊吓中恢复过来，他又遭受了另一件恐怖的事情。弗兰克斯在他的身上绑上了绳索和皮带扣。这就是一套马具，他在家的时候看见马夫把这些东西绑在马身上。他曾经看到过马就这样开始去工作，他也就准备去工作了。弗兰克斯坐在雪橇上，巴克拖着雪橇去一个山谷边上的树林里，回来的时候再带一些柴火。尽管他的尊严被痛苦地伤害了，被当成牲畜一样的驱赶着，但是他很清楚地知道自己的现状而没有反抗。他屈服了自己的意志，并全力把事情做好，虽然所有的事情都是陌生的。弗兰克斯非常严厉，时时刻刻都要求服从，并通过手中的皮鞭得到了这样的服从。戴夫是个有经验的掌舵者，只要巴克有了什么小错误，他就会轻轻地咬巴克的后面。斯皮茨是领队，看起来很有经验，他总是不喜欢巴克，常常尖叫着责备巴克，有时候狡猾地用他的身体挡在跑道上，把巴克挤出跑道。巴克很快就意识到了，他联合了两个伙伴。弗兰克斯工作取得了显著的进步。他们回到营地之前，巴克已经明白了"好"就是停，"马时"就是前进的意思。当他们的雪橇跟着他们下山的时候，转弯的角度要大一些，让掌舵者能有开阔的视线。

"真是不错的狗啊"，弗兰克斯告诉普奥特，"该死的巴克，像座山一样稳当，该跑多快就跑多快"。

下午时分，普奥特匆匆忙忙地带着分派给他的任务回来了，又带了两条狗回来。他叫他们比尔和乔伊，这两条狗是兄弟，都是那种凶猛的狗。虽然他们是同一个妈妈生的，但是他们的区别就像白天和夜晚一样明显。比尔的一个缺点就是过分善良，而乔伊却刚好相反，有着一双愤怒、带有恶意的眼睛，显得尖酸而且孤僻。巴克以伙伴的方式接受他们，而戴夫却对他们视而不见，斯皮茨战胜了一条，又去战胜另一条。比尔看到平静的方式不会遭受攻击以后，他就平静地摇着尾巴，然后跑走。有的时候，斯皮茨的利牙伤到了他，他就会委屈地哭着，不过还是很平静地。但是不管斯皮茨怎么转圈，乔伊总是蹬着后退，正面对着斯皮茨，竖着毛发，耳朵向后立着、嘴唇翻卷着、上下牙交错着、眼睛恶魔般地闪烁着，随时准备撕咬，浑身充满了战斗的气息。他的这个可怕的样子，逼着斯皮茨放弃去教训他。但为了掩盖自己失败的本质，斯皮茨又转向欺负无恶意的比尔，一直把他追到营地边上。

　　到了晚上，普奥特又搞来了另一条狗，年迈却凶狠，又高又很壮实，脸上还带着以前战斗的伤疤，只有一只眼睛，却带着威严的警告眼神，仿佛一定要服从他的命令。他叫索莱克斯，意思就是愤怒者。他和戴夫一样，什么也不要，不会付出什么，也不会希望什么；他慢慢地走着，但是心里总是盘算着什么，甚至斯皮茨都不去招惹他。他有一个怪癖，只可惜巴克没能及时发现。他不喜欢别人在他那只瞎掉的眼睛旁边走，就因为这个，巴克无意间惹恼了他。索莱克斯飞一般扑到巴克的肩膀上，一下子就咬到了巴克骨头上，有三英寸那么深，这是巴克因为鲁莽而得到的第一个教训。从这以后，巴克一直避免他瞎眼的一边，直到他们友谊的结束。索莱克斯只有一个强烈的想法，就是独自一人待着。巴克后来才明白，每个人都拥有一个想法，并且非常重要。

有天晚上巴克实在睡不着觉。帐篷在昏黄的烛光下摇曳，在这雪白的平原上热情地跳动着。当他像往常一样走进帐篷的时候，普奥特和弗兰克斯的咒骂声和厨房用品的碰撞声混在一起。他从惊愕中回过神以后，只能灰溜溜地走进帐篷外的寒冷中。外面寒风刺骨，直钻进他的受伤的肩膀里。他尝试着躺在雪地里睡觉，但冰冷的感觉很快使他从头寒到脚，他凄惨而孤独地在各个帐篷外徘徊，只发现一个个地方都是那么寒冷。到处都有野狗冲向他，他就竖起毛发，向天号叫（这个他很快就学会了），这样他就会一点麻烦都没有了。

最后他想出个好主意。他可以跑回去看看他的队友是怎样度过这个艰难时刻。令他吃惊的是，他们已经没影了,他只能再穿梭一遍帐篷营地,希望找到他们。他们已经待在帐篷里了?不,那不可能,或许他们已经被赶走了?那么他们可能在什么地方?巴克尾巴耷拉着、身体哆嗦着。他是被遗弃了,只能漫无目的地绕着帐篷走来走去。突然他前脚踩到的雪堆陷了下去。脚下面好像有什么东西在蠕动。他一下跳了回来,被吓得毛发倒竖,并对着雪堆怒吼。但是一阵微弱却很友好的呻吟又使他放下心来,他又走过来看个究竟,一股暖气穿过鼻孔,在雪下面,蜷缩成一团的,竟然是贝利。贝利轻轻地抱怨着,蠕动着表示他的良好意图,甚至是空前地友好,作为祈求和平的贿赂,贝利用他温暖潮湿的舌头舔着巴克的脸。

这是另外一种教训。难道他们做事的方式就是这样的?巴克很有信心地挑选,竭尽全力地挖一个坑留给自己。很快,他体内的温暖就充盈了这个有限的空间,就此睡着了。这一天如此漫长而又艰辛,他睡得很舒服,呼吸均匀,尽管那一夜的梦里又吼又叫,和噩梦纠缠。

他一直没睁开眼睛,直到被营地嘈杂的声音吵醒。刚开始他还不知道自己在什么地方呢。下了一晚上的雪,他被大雪彻底掩埋了。他周围到处都是压着的雪墙,一阵突然而来的恐惧传遍了全身——这是对荒野中陷阱的害怕。这就意味着他将循着原来的足迹,开始过起祖先的生活。因为他是一条文明的狗，一条不愚昧的现代文明狗，他的经验告诉他没有陷阱，所以也不需要害怕。他全身的肌肉断断续续而又本能地抽搐着，他脖子和肩膀上的毛发最后都竖起来了，他冲着灰蒙蒙的天空号叫起来，大雪又纷纷地飘落到他的身上。他脚踩在雪上，看到白色的营地就在他的前面。他知道他在哪了，他想起了所有的事情，从和曼纽尔散步到昨天挖的睡觉的小坑。

弗兰克斯的一声大喊把他惊醒到了现实："我说什么来着？"这个赶狗人向普奥特喊着，"该死的巴克肯定学什么都能很快！"

普奥特慎重地点点头。作为加拿大政府的通讯员，他还有重要任务在身。他十分着急，确保要找到最好的狗，他对巴克的表现非常满意。

一个小时之内又来了几条强壮的狗，现在一共有九只了。十来分钟的时间他们就都被套上了绳索，晃晃荡荡地被送往卡农。巴克很高兴这么做，虽然这样的工作很艰难，但也不能小看了这个差事。他们的工作使得整个团队都充满活力，使他和其他狗紧密联系在一起。更让他吃惊的是，戴夫和索莱克斯的也发生了奇妙的改变。他们是新狗，绳索彻底地改造了他们。他们完全被动，也得不到关心，他们警觉而又充满活力，非常焦虑地把事情做好,不管什么工作耽搁了、混乱了或是拖沓都很容易把他们激怒。一路上辛苦的工作是对他们自身价值的最好的表达,这也是他们全部的生活目的,唯一能使他们快乐的事情。

戴夫是拉着雪橇掌舵的狗,巴克在他的前面拉,再前面是索莱克斯,其余的狗在更前面。在最前面的是队长,这唯一的位置,留给了斯皮茨。

巴克非常希望能在戴夫和索莱克斯之间,这样他就可以接受到指令。他是个聪明的学习者,而他们也是很善于教的老师。他们从不允许巴克在错误的道路上逗留,他们总是用锐利的牙齿来教训他。戴夫很聪明,也很公平,他从不无缘无故教训巴克,需要教训的时候也从来不放过一次教训的机会。当弗兰克斯的鞭子打过来的时候,巴克发现改正自己的缺点比报复戴夫更合算。有一次,在一个小的停车场,巴克总是纠缠在那个地方,耽误了出发,戴夫和索莱克斯一起冲向了他,给了他一顿适时的痛打。从此,巴克就很谨慎地保持正确的路线,直到那天结束的时候,再没有犯什么错误,很好地完成了他的工作。同伴也就不再咬他,弗兰克斯的皮鞭也就不再那么频繁地抽了,甚至普奥特还奖励他,仔细把他的脚抬起来检查看看有没有受伤。

那天,去卡农的一段路非常难走。先要穿过牧羊场,再绕过锯站和木材厂,又跨过了许多条冰河和数百个超过脚面的雪堆,然后又翻过了那个巨大的切特分界岭,这个岭矗立在淡水和咸水之间,庄严地保卫着孤冷的北方。他们沿着湖,一路愉快地下来,这些地方曾经是连绵不断的火山喷火口。那天晚上很晚才找到一个可以安营扎寨的地方——"伯奈特湖",这里有成千上万的淘金者在这儿造船,希望明年早春的时候能够破冰前行。巴克又在雪地里挖了一个坑,精疲力竭地躺下去睡觉,好像刚刚躺下去,却又马上在黑咕隆咚的雪天被早早叫醒,和队友们一起被套上绳索拉雪橇。

那一天他们走了四十多公里路,道路上到处都是积雪。第二天和接下来的几天,他们一次又一次拨开积雪,努力向前奔跑。按照常规,普奥特是这个队的先锋,用那双编织的靴子在前面踩雪开路,使后面的队伍前进更容易些。弗兰克斯控制操纵杆,有时候他们也交换下位置,但这样的时候也不多。普奥特很着急,他对自己有这么多关于冰的知识感到很自豪。这些知识必不可少,因为有些冰非常薄,而有些水流动的地方根本就没有冰。

日复一日,好像永远没有尽头,巴克套着绳索一直要干活。他们时常在黑乎乎的时候拆掉帐篷,天空升起的第一缕黎明照着他们辛勤劳作,在他们的后面留下刚刚开发的长长的新路。通常是在天黑以后才搭帐篷,吃着刚刚捕获的鱼,然后爬到雪里去睡觉。巴克很贪婪,一磅半重、被太阳晒干的鲑鱼干是他每天的口粮。可这点东西对他来说根本就不顶用。他总是觉得饿,一直忍受着饥肠咕咕的痛苦。而其他的狗,体重没有他重,从小生长在这样的环境中,只要吃一磅鱼,就会保持良好的状态。

他很快就改掉了挑剔的毛病,这毛病是在他过去的生活中留下的。他发现他的队友都饥肠辘辘,吃得都非常快,然后就去抢他还没吃完的份儿。这里可没有办法捍卫他的口粮。当他和其中的两三条战斗以后,剩下的份儿早被其他队友吞进肚子里了。为了弥补,他就不得不吃得和别的队友一样快,于是就会有更饿的感觉压迫他。但是他却没有抢过不属于自己的东西。他只不过观察着、研究着。他看见了一条新狗派克,很会装病和偷窃。普奥特一转身,他就偷偷地偷一块腊肉,第二天巴克就学会了这一招,甚至把整块腊肉都偷走了。这引起了一场混乱,但是巴克却不被怀疑,而塔布,一条拙劣的莽撞者,总是被抓,他总是为巴克的偷窃买单。

第一次的偷窃说明巴克能在北方这样寒冷而又充满敌意的地方生存。这就表明他有适应性,他有能力去调节自己以适应环境,如果缺少了这样的适应能力就意味着可怕的死亡。这也进一步表明,逐渐衰落的道德,只不过是个没用的东西,只能阻碍他在野蛮环境中生存。在南方的土壤上,充满了爱和友谊的环境中,这种道德尊敬私有财产和个人感情已经足够了;但是在北方,在大棒和尖牙的法则下生存,谁这样做谁就是傻子。

巴克虽然没有把这件事情推理出来。但是他能够适应,已经足够了。无意中他正在适应这种新的生存模式。在所有的日子里,不管有什么机会,他都没想过要逃跑。这是那个拿着大棒的红衣男人的鞭打使他学会了这个最基本、最原始的法则。米勒法官驯化的文明正在消失,而恰恰是他逃离文明的能力挽救了他的生命。他没有从偷窃中感到丝毫的快乐,只不过因为他咕咕作响的胃。他从来没有公开地抢过,而是秘密地、狡猾地去偷,这都是对大棒和尖牙的敬畏。总而言之,他能做的都做了,因为这样做生存起来比不这样做容易得多。

他进步得很快。他的肌肉变得像铁一样坚硬,对一般的痛苦都没感觉了。他什么都吃,不管这东西多么讨厌、多么恶心,只要一吃上,他的胃液就能从这种东西中抽出最后一点营养,他的血液就会把这营养输送到身体最远的地方,来建造最顽固、最强壮的组织。他的目光变得非常灵敏,他的听力发展得非常敏感,甚至在睡觉的时候都能听到最轻微、最模糊的声音,都能分辨出是和平还是危险。他学会了用嘴咬冰,把这些冰块聚集在脚下,他觉得口渴的时候,水上面如果有一层厚厚的冰碴子,他可以用坚硬的前腿把冰碴子破开。刮风的时候,会让人不敢喘气,他都可以在树下或岸边给自己挖好坑,舒舒服服地藏在里面。

学会这些不仅仅来自经验,而是从前被掩盖的生命的本能渐渐苏醒。他是被一代代驯养下来的狗。他模模糊糊地记起小时候被驯养的日子,那个时候他看见野狗成群结队地穿过原始森林,杀死猎物。他却不需要学习争抢食物,像狼一样撕咬的能力,而这些能力是被遗忘的祖先的传统。这些回忆加速了他回归古老的生存方式,这些曾经是他物种基因隐蔽的存在,现在成了他的真实的状态。这样的状态不需要努力和探索就可以回归,就好像一直存在一样。有的时候,在那清冷的夜晚,他仰起鼻子向着天空号叫,悠长的,像狼一样,这就是他的祖先的号叫,早已死亡、化成灰烬的祖先他们也昂头向着天空号叫,代代相传,直传到巴克身上。巴克号叫的节奏就是祖先的节奏,声音中充满了悲哀。

曾经木偶一般的生活被古老祖先的歌声冲击着,现在他又变成原始的自己；他的改变是因为人类在北方发现了金子，也是因为那个园丁助手曼纽尔不能支付老婆需要的生活费，巴克就去了那个地方。

第三章　暴露原始的兽性

巴克身上显现出强烈的原始兽性，在这恶劣的条件下，兽性越发成长起来。只不过是隐蔽的成长。逐渐养成的狡猾个性能让他变得镇定而有控制力。他忙于调整自己而没有时间自在地享受新生活，他既不挑起战争，也避免任何发生战争的可能。小心谨慎就是他的态度。他从来不莽撞，他和斯皮茨之间辛辣的仇恨，也会忍耐，避开所有的冒犯行为。或许，斯皮茨预感到了巴克是他危险的竞争者，就从来不放弃任何机会炫耀他的牙齿。他甚至无理取闹地挑衅巴克，希望立刻发动战争，一方或者另外一方最后只有一死。

在旅途的早期，本来已经无可避免的战争还没有发生。这天结束的时候，他们在勒巴支湖搭建了营地，凄凉而悲惨。就要下大雪了，风像刀片一样地割人，黑压压的天空迫使他们不得不快点找地方扎营。再也没有比这更糟的事情了。他们的身后是一堵垂直的悬崖。普奥特和弗兰克斯生起了火,把他们的睡袍铺到冰面上。为了轻装出发,他们把帐篷扔在了迪亚。一些漂浮的树枝点着了火,用这些把冰化开,就在这夜色中吃起了晚饭。

巴克在靠近岩石的隐蔽处做了一个窝,又舒服又暖和。弗兰克斯把火烤过的,已经解冻的鱼给他吃的时候,他都感觉心里不爽,希望在这儿美美地待着。等巴克吃完了口粮返回时,他发现他的窝被占领了。那声警告的咆哮告诉他侵略者就是斯皮茨。之前巴克忍耐了他所有敌意的挑衅,但这一次太过分了。巴克身上的兽性猛然爆发。他用最快的速度扑向斯皮茨,这速度把双方都吓了一跳,特别是斯皮茨,他以往的经验告诉他巴克只不过是个懦弱的胆小鬼,他那笨重的身体能维持自己走路就不错了。

弗兰克斯也吓了一跳,看见他们厮打在一块的时候,预感到要出事了。"啊啊!"他对着巴克大喊,"把东西给他,把东西给他,垃圾!"

斯皮茨意志顽强。他用十足的愤怒和渴望发狂,来回转圈找机会扑向巴克。巴克一点也不放弃,也不懈怠,他也像斯皮茨一样来回转圈寻找机会。他们撕扯在一块,拉出好长一段路,地面一片狼藉。这时,意想不到的事情发生了。

普奥特挥舞着大棒,处处回响着大棒打在骨架上的声音,一片刺耳的疼痛尖叫声,预示着一场混乱的到来。

突然营地被隐藏的、迅疾的活物发现了——冲出来八九十只饿极了的野狗,这些从印第安的村庄来的野狗闻到了食物的香味,奔向了营地。当巴克和斯皮茨战斗的时候,他们已经开始悄悄行动,当发现两个男人挥舞着大棒的时候,他们就趁机张开大嘴进行激战。他们闻到食物的香味就疯狂了。普奥特看见其中一只已经把头埋在了食物盒里。大棒就重重地敲在了偷食者的头上,食物盒也一起被打翻在地。与此同时,二十多只疯狂的家伙冲向了面包和熏肉,毫不害怕打在身上的大棒。他们在雨点般的棍棒下号叫,但丝毫不影响他们咽下最后一片面包。

就在这时,被惊吓到的狗队冲向了他们的狗窝,和凶猛的侵略者战斗起来。巴克从来没看见过这样一群狗。看起来他们的骨头就要冲破身上的那点皮毛。他们全都是骨头架子,皮毛耷拉着,露出矍铄的目光,流着饥饿的口水。饥饿的状态使他们令人恐怖。没有任何东西可以强迫他们。狗队里的狗又被击败到悬崖边藏身的地方。巴克被三只野狗包围着,他的头和肩膀已经被撕裂了。喧闹声充满了恐怖。贝利像平常一样哀叫。戴夫和索莱克斯英勇地并肩战斗，血从他们的伤口中汩汩地流出来。乔伊像个魔鬼一样的战斗。一次他的牙齿咬在了一只野狗的前腿，一直刺到那只狗的骨头里。派克，那只装病的狗，跳到一只已经跛脚的狗身上，用他的利牙迅速咬他的喉咙。巴克也咬住了冲上来的对手的喉咙，牙齿刺破他颈动脉的时候，喷出了一股血。温暖的味道在他的嘴巴里回味，使他更加凶猛。他又扑向了另一只狗的身上，这时感觉到有牙齿陷到了他自己的喉咙里，原来是斯皮茨从边上袭击，他是来报复巴克。

普奥特和弗兰克斯弄干净营地之后，就急忙来救他们的拉雪橇的狗队。那些饿极的野兽稍稍退后一点，巴克就获得了自由。然而，只不过一会儿的工夫，普奥特和弗兰克斯又回头去救他们的食物，这些野狗又去抢夺他们的食物。贝利也因恐惧变得勇敢起来，冲向野蛮的包围圈。派克和塔布跟在他的后面，紧接着是狗队的其他狗。当巴克摆脱自己的威胁之后，也跟在狗队的后面，此时看见斯皮茨正在酝酿凶猛的一扑。如果他的脚离开了地面，摔倒在那些野狗堆里，他就没希望了。但是他还是鼓足勇气迎接斯皮茨的挑战，然后参加到冰上的战斗中。

不一会，狗队里的九只狗聚集到一块，到森林里寻找躲避的地方。虽然不被追赶了，仍然身处险境。没有一只狗没有五六处以上的伤口,还有一些伤得更严重。塔布的后腿严重受伤;多利,这只从迪亚刚被收编的狗,喉咙已经被严重地撕破了;乔伊失去了一只眼睛;而贝利,这只好脾气的狗,耳朵被咬成一条一条的布。哭泣和呻吟传遍了整个夜色。黎明破晓的时候,他们蹒跚着回到营地,发现掠夺者已经走了,两个男人正在发着脾气。整整一半的食物没有了。野狗吃了拉雪橇的鞭子和盖东西的帆布。事实上,只要是能吃的东西,野狗一点都没有放过。他们还吃了普奥特驼皮做的皮鞋,一大团皮革的绳子,甚至是弗兰克斯的皮鞭上的两英尺皮条。弗兰克斯默默地、悲伤地看着他那受伤的狗队。

"啊,我的朋友",他温柔地说,"或许这件事把你们弄疯了,被咬了这么多伤口,可能都疯了,这群垃圾!你怎么想的,嗯,普奥特?"

这通讯员犹疑不定地摇着头。从这里到达道森还有四百英里,他们几乎经受不起从那群疯狗中逃离出来的疯狂了。在咒骂了两个多小时的时间里,队伍也很难成形,受伤的队伍痛苦地奋力前行,忍受着前所未有的痛苦。

三十英里河是一条很开阔的河。疯狂的海水蔑视霜冻,只是中间地段有点潮汐,别的平静的地方都已经冻成了冰。跨过这可怕的三十英里需要六天竭尽全力地奔跑前行。他们处境危险,每迈出一只脚,无论是人还是狗,都有生命危险。普奥特在前面探路,他几十次掉进冰窟窿里,营救他的是一根长杆子,每次掉进去的时候,他都把长杆子横在冰窟窿上面,这样他就可以撑着身子再爬上来。但是太寒冷了,温度要低到零下五十度,每次破冰而上的时候,都是依靠旺盛如火的体质来烘烤他的外衣。

没有什么东西能使他畏缩。正是因为他无所畏惧,才被政府选为通讯员。他冒各种各样的险,坚决地把那张枯萎的脸投向冰霜,从早奋斗到晚。他绕过岸边的冰缝,脚下踩出噼啪的声音,而别的人都不敢往前走。有一次,戴夫和巴克在雪橇上,一下子掉进了冰窟窿,完全把他们淹了,当他们被救上来的时候,身子已经有一半都被冻僵了。为了救他们,燃起了一堆火。他们的皮毛都已经结了冰,两个主人让他们一直围着火堆跑,甜蜜而兴奋地,他们亲密地围着火焰唱歌。

有一次,斯皮茨带着整个狗队滑向冰窟窿,巴克前面的狗全掉了进去。巴克用尽全身力量往后拉,他的前爪踩在滑滑的冰的边缘上,周围的冰跟着抖起来,巴克一直在叫。他后面的是戴夫,也在拼命地向后拉,雪橇的后面是弗兰克斯,他顽强地拽着,直到他的脚筋都要裂开。

又有一次,冰的边缘从前一直裂开到后面,除了爬到悬崖上无路可逃。普奥特奇迹般地抓住山崖爬了上去,弗兰克斯只能祈祷着那个奇迹能够真实地发生。每个鞭子,加上雪橇的缰绳,还有别的一点的绳子都搭在一起变成一根绳子,这些狗一个吊一个,直到爬到悬崖顶上。弗兰克斯先把雪橇和货物拉上去,他最后一个上来。他们上来以后还要找地方下去,而且还要依靠绳索才能下去,到夜晚降临的时候才发现,他们比白天只多走了半英里的路。

到这时,他们对冰已经有了透彻的认识,巴克感觉精疲力竭了。其他的狗也和他的状况差不多;但是普奥特,为了弥补损失的时间,一直催着他们前进。第一天他们走了三十五英里,到达了大鲑鱼岛,第二天又走了三十五英里,到达了小鲑鱼岛,第三天走了四十英里,来到了五指岛。

巴克的四脚不像那些野狗的脚那样坚硬了。他的四脚从他的祖先开始被打鱼的人和住在山洞的人驯养以后,就不再那么坚硬了。每天他都痛苦地一瘸一拐地跑着,每次驻扎的时候,他都像一条死狗一样躺着。虽然他很饿,但是已经没有力气爬起来吃分给他的口粮,弗兰克斯只能带给他。每天晚饭以后,赶狗人都给巴克的脚

按摩半个小时,并用自己的软帮布鞋给巴克做了四只软
帮布鞋。这对巴克是个极大的帮助。一天早上,因为巴
克的样子,甚至使普奥特皱巴巴的脸上挤出了一些笑容,
那个时候弗兰克斯忘记了给巴克穿鞋,他就躺在地上,在
天空中挥动着四只小脚,不穿上鞋他就不肯走路。过了
一段时间,他的脚又变得强壮了,而穿坏的护脚装置就被
扔掉了。

　　到达帕里的那个早上,他们实在没力气走了,从来
不出众的贝利,突然发疯了。他长时间地像狼一样号
叫,撕心裂肺的狼嚎使得每一只狗都感觉毛骨悚然。
突然他扑向了巴克。巴克从来没看见过狗发疯,他就
没有任何理由去害怕疯病,不过他知道那是恐怖的事
情,就非常惊慌地跳开了。他径直地往前跑,贝利喘息
着,口吐白沫在后面追,只差一步;他虽然抓不到巴克,
但巴克恐惧越来越大;同时巴克也逃不掉,疯狂就愈演
愈烈。巴克钻进了岛上的丛林里,又跳到了低洼地里,
穿过另一个岛的河道,又跑到了第三个岛上,曲折地回
到主河道,绝望地想要穿过去。一路上巴克虽然没有
回头看,但他能听见那个号叫声就在他后面的一步之
遥。弗兰克斯在后面追着跑了半英里的路,又回到这
里。巴克呼吸急促,他相信弗兰克斯能够救他。这个

赶狗人手里拿着斧头,当巴克从他身边跳过的时候,弗兰克斯一斧头劈在了疯狗贝利的头上。

巴克仍然躲在雪橇后面,筋疲力尽,非常无助。这恰恰是斯皮茨的好机会,他跳到了巴克身上,把他的两颗牙齿深深地插在了毫无抵抗能力的对手身上,撕裂了一块肉,直到骨头。然后弗兰克斯的皮鞭就下来了,巴克很满足地欣赏着斯皮茨挨鞭打,这是全队有史以来最残酷的一次鞭打。

"该死的斯皮茨,这个魔鬼!"普奥特骂着,"总有一天他要整死巴克"。

"那个巴克更是个魔鬼",弗兰克斯一起骂着,"这些天我一直在观察,总有一天他会抓狂的,他会一口一口把该死的斯皮茨咬死,让他永远躺在雪里。真的,我敢这么说"。

从那时候开始,他们之间就酝酿着一场战争。斯皮茨作为领队狗,掌管着整个队伍,他感觉到自己至高无上的权威正在受一只苏格兰狗的威胁。巴克对于他来说是陌生的,他知道很多苏格兰狗,没有一只在长途跋涉中显示出价值。他们都很软弱,被困苦、冰霜、饥饿折磨而死。巴克是个例外。独自忍受,然后成功,体力、野性和狡猾也不断地增长着。巴克是一只有控制欲的狗,使他变得如此凶险的是那个穿红毛衣的男人，对他一顿乱打，激发出他疯狂的控制欲。他非常狡猾，带着一种原始的耐性等待着属于他的时刻。

对领导地位的抢夺就要来临。巴克需要这个领导地位。他需要是因为他的本性，因为他已经被那莫名的、无法理解的自豪深深吸引，这种自豪感引导着狗群在艰难跋涉的困苦中坚持到最后，引诱着他们在拉雪橇的绳索中死去。如果他们死了，也会被愉快地剥开心脏。这种自豪驱使他们破晓前进，使他们从辛酸、愁眉苦脸的状态转化为动力、渴望、野心；这种自豪促使他们日出而作、日落而息的工作，引向无法休息与满足的阴郁中。就是这种自豪，使得斯皮茨在雪橇狗队中击败那些犯错的，或者在筋疲力尽的早上试图偷懒的狗。也正是因为这样的自豪使他害怕巴克和他争夺领队的位置。然而，这也是巴克的自豪。

他公开地威胁着另一只领队。他把自己定位在可以惩罚别人的位置上。为此蓄谋已久。有一天夜晚，天空降起了大雪，早上装病的派克不见了。他秘密地藏到了他在雪下挖的坑里面。弗兰克斯叫他喊他都无济于事。斯皮茨疯狂地怒吼着。他绕着整个营地发火，边闻边挖每一个可能的地方，如此可怕的怒吼使得派克很害怕，在自己藏身的坑里瑟瑟发抖。

最后他还是被发现了,斯皮茨扑向他,要惩罚他,但是巴克用同样的愤怒横在了中间。这事发生得出乎意料,连斯皮茨都被撞得向后退了几步,四脚还离了地。派克一直被晾在一边哆嗦着,提心吊胆地观望着这场兵变,然后就扑向了这个被摔倒的领导者。巴克,忘掉了曾经认可的公平竞争,同样扑向了斯皮茨。弗兰克斯面对这场战争只在旁边窃笑着,同时非常公正地管理着这个狗队,他用尽全力把鞭子打在巴克身上。但这并没有阻止巴克迈向他的权利之争,结果屁股挨打就演变成了一场表演。被打得半死的巴克最后还是退了回来,鞭子还是无情地一下一下打下来,同样常常犯错的派克也受到了相应的惩罚。

接下来的日子里,因为离道森越来越近,巴克在狗队中继续保持之前的位置;但是他做得更加狡猾,当弗兰克斯不在的时候,对兵变情有独钟的巴克表现了很大的叛逆。戴夫和索莱克斯没有被鼓动,但是其他的狗队队员变得越来越坏。事情再也不会向正确的轨道发展。不断地争吵逐渐升级。麻烦正在一步步靠近,根本原因就是巴克。他使得弗兰克斯越来越忙,因为这个赶狗人逐渐感受到生与死的争斗就在眼前,他知道他们之间的位置迟早要替换；不止一个晚上，他们之间的争吵声逼得他穿着睡袍冲出来，他害怕巴克和斯皮茨也在里面。

机会是不会自己出来的，当他们在一个干旱的下午到达道森的时候，更大的战争又要开始了。这有很多人，不计其数的狗，巴克发现他们都在工作。好像命中注定这些狗就是来工作的。白天，他们长长的队伍摇摆在马路中间，晚上，他们之间的铃铛声就会持续不断。他们拖着圆木和柴火，把他们拉到矿上去，他们做的这些事情就是圣塔卡拉峡谷马做的事情。巴克到处能遇到苏格兰狗，不过大体上他们都是些强壮的狼的后代。每天晚上，这些狗都很有规律：九点、十二点、三点高声唱起夜歌，这是一种邪恶可怕的旋律，但是巴克却非常愿意加入其中。

北方的极光在头顶上冷冷地燃烧着，这些星星聚在冰天雪地里跳舞，大地在雪球的覆盖中冰冻着，凶猛的歌声是对生活的藐视，只不过调子很低，带着漫长的黎明前的呜咽和抽泣，更多的是对生活的祈求，清晰地表达了生活的艰辛。这是一支古老的曲子，就像古老的物种一样——年轻的世界最早的歌声也是这样令人悲哀。这是无法计数的一代代传达的悲哀。巴克被这样的声音强烈地感染着。他呻吟和抽泣的正是远古的父辈们生活的痛苦，这些害怕和神秘的寒冷与黑暗对父辈来说也是害怕和神秘。这种痛苦搅动了巴克对火的年代的幻想，还有他对原初生命的向往。

从他们到达道森以后的第七天开始，他们沿着陡峭的海岸，从柏拉克斯到育空特瑞尔，一直到迪亚饿盐水湖。普奥特带着信件，好像没有什么东西比这些信件更重要了。况且旅途的骄傲已经牢牢地抓住了他——他要创造年度旅行纪录。这个理由支撑着他此行的目的。一周的休息让这些狗恢复了体力，他们已经彻底修整好了。他们开辟出来的路被后来者越踩越结实。而且，这个地方的警察已经安排了两三处为这些人和狗储藏食物的地方，他们轻松上路了。

第一天他们走了六十英里的路，其中有五十里的路是跑步前进的；第二天能够看见他们欢天喜地地从育空向百利前进。之所以走得这么快，归功于没有大的麻烦，但是弗兰克斯还是有一定的担忧。他觉得巴克领导的叛逆毁坏了整个队伍的团结。他也不再是一只在路上到处跳跃的狗了。巴克的鼓励使得这些反叛者开始触犯小的戒律。斯皮茨作为一个领导者不再像以前那么具有威慑力了。旧时的崇拜分裂了，他们争取权威的挑战越来越明显了。派克有一天抢了斯皮茨半条鱼，在巴克的怂恿下吞到肚子里了。有一天晚上，塔布、乔伊和斯皮茨争斗,斯皮茨被迫放弃了对他们应有的惩罚。甚至,贝利,那只好脾气的狗也变得不太听话了,不再像以前那样言听计从了。巴克除了吼叫和发威之外,从不接近斯皮茨。实际上,他的行为更接近于在斯皮茨的鼻子底下耀武扬威。

对这些戒律的破除似乎也在改变着狗和狗之间的关系。他们中间的战争越来越频繁,直到到了营地,那简直就是一个精神病院。只有戴夫和索莱克斯没有改变,虽然他们也被其他狗的争斗吵得怒气冲冲。弗兰克斯野蛮地诅咒,愤怒地踩着雪,撕扯自己的头发。他的皮鞭经常在狗群中响着,可是只能起到很小的作用。他的身体一转过去,战争就又开始了。他用鞭子支持斯皮茨,巴克却支持其他的狗。弗兰克斯知道巴克就是罪魁祸首,巴克也知道他知道。巴克实在太聪明了,从来没被抓个正着。他在绳索中忠实地劳作,而且这样的困苦使他变得更快乐。他在队友中引起战争,使整个旅途卷入混乱,这样就更能获得狡猾的快感。

在塔克纳山口,有一天吃完晚饭的傍晚,塔布发现了一只雪兔,赶忙去追,结果也没追到,不一会儿整个狗队就大吵起来。一百码以外的地方是警察的营地,大概有五十只狗,都很凶猛,他们也来追这只兔子。那只兔子往河的下游跑,转弯进了一条小溪,又跳到坚固的冰床上。它在雪面上欢快地跳着,而狗们却用尽全身力气去追赶。巴克是领队,六十只强壮的狗,一波又一波地追,但是都没能抓到它。他弯着腰追赶,急切地渴望着,他漂亮的身材,在皎洁的月光下向前腾闪。他一跳一跳地,就像白雾中苍白的幽灵,跟在雪兔的后面跳跃着。

人们远古的本能,正驱使他们远离喧闹的环境,用化学方法、铅弹这样可怕的事物去原始森林和平原中猎杀,从而获得血腥的诱惑和杀戮的快感。巴克也具有这种本能。对这些东西感觉无限亲密。他跑在狗群的前面,追着前面的野物,活生生的玩物,用自己坚硬的牙齿杀死它,他要用雪兔的热血来洗刷他的双眼。

狂迷的状态能使生命的热度达到巅峰,此上的生命没有任何空间。这是一个充满矛盾的生活,狂迷状态来临的时候,生命充分展示了它的能动,同时也会对生命的存在忘乎所以。如果是艺术家的狂迷,这样狂迷能忘记生活的一切;如果是士兵的狂迷,战争的疯狂拒绝任何一点饶恕;而对于巴克来说,带领着狗队,发出狼嚎的号叫,紧跟在活生生的猎物后面,而月光下的猎物在他面前迅速逃跑,就是一种狂迷。巴克生命深处的本能正在歌唱。这部分本能是那么清晰。他被这生命的惊涛骇浪控制着,每块肌肉、关节、腱子肉都感受到快感。每一样东西都彰显出生命的力量,猖狂地表达出奔跑的热量,星光下竭尽全力的飞奔,越过那些不能动弹的死去了的面孔。

可是,斯皮茨却很冷酷地算计着,甚至还沉寂在他的权威中,把狗群甩在后面,他穿过一条小径,那里的小溪绕过一道长长的堤岸。巴克不知道这个地方,当他绕过这个堤岸,那只像雾中鬼魂似的兔子还在前面疯跑。他还看见了另一个更大的雾中的鬼魂,在岸上飞快地跳跃着,立即堵住了兔子的去路,那是斯皮茨。兔子不能转弯了,因为白色的獠牙咬住了它的后背,兔子在空中的尖叫声就像一个受伤的人的尖叫声。听到这种叫喊,唯一能感受到的是生命的陨落,从顶点一直陨落到低谷,直接面向了死亡。整个狗群在巴克的身后唱起了胜利的地狱之歌。

巴克没有呼喊,他不能控制自己,直接跳到斯皮茨的前面,肩并肩地站到一起。他们在雪地里撕打起来。斯皮茨还是站稳了脚跟,没摔倒,他向着巴克的肩膀冲过来,两个钢一样的牙齿咬合在一起,斯皮茨退回来以便站得更稳,仰起瘦瘦的嘴唇咆哮着。

巴克知道就要有一场冲突了。这个时刻已经到来——赴死一战的时刻。他们相互转圈,咆哮着,耳朵竖在后面,热切地盼望着自己的胜利,这种场景巴克感觉似曾相识。他好像记起来了——白白的一片,森林、土地、月光和一场凄清的战斗。透过这白白的雪景,平静正在孕育死神的冷酷。空气中最微弱的声音都没有了——没有任何东西在移动,没有一片叶子在抖动,狗群们呼吸出的白气清晰可见,在雾霭沉沉的空气中飘荡。他们很快吃完了雪兔,这些还没有驯化好的狼,他们也有所期待地围成了一圈。他们特别安静,眼睛放光,他们的气息正向着这个中心靠近。对巴克来说,这没什么新鲜的,也不陌生,只不过是个旧日的场景。就好像一直是这样的一样,永远没有改变。

斯皮茨是个战斗的老手。从斯皮茨穿过北冰洋,再穿过加拿大和巴瑞斯,他都用自己的方式对付狗,维护自己的统治地位。愤怒是他的特点,但是他从来不盲目地愤怒。他拥有着毁坏的能力,同时也不忘记他的敌人同样拥有毁坏的能力。他从来不先冲锋,直到他准备好了要接受冲锋;他也从来不袭击,直到他开始防御这种袭击。

巴克徒劳地想把自己的牙齿插进斯皮茨的脖子。但是不管在哪,他的牙齿一咬进斯皮茨的软肉,他自己都会遭遇同样的牙齿。牙齿碰牙齿,嘴唇被撕裂了,流血了,巴克始终不能有效冲破对手的防卫。然后他就更加热血沸腾，用旋风般的冲击包围了斯皮茨。一次又一次，他试图咬住那雪白的喉咙。那里生命的气泡最接近表面，每一次斯皮茨都能闪过，然后跳脱。巴克就去追赶他，就好像只为了那个喉咙，突然他调转了方向，从侧面展开进攻，他和斯皮茨肩并肩，企图把他撞翻。但是，巴克的肩膀每次撞击的时候，斯皮茨都会迅速地闪开。

斯皮茨没有被撞倒，可巴克却流着血，呼呼地喘着气。战争变得越来越令人绝望。无论哪只狗倒下来都会成为其他狗的一顿美餐。当巴克采取迂回战术时，斯皮茨开始猛烈地进攻，他一直逼着巴克跟跟跄跄站不稳，六十只狗见此就蠢蠢欲动，但是巴克一恢复过来，其他狗就沉静下来，默默地等待。

巴克有一种非常的好的品质使自己变得强大，那就是想象。他用本能来战斗，同时他也用头脑来战斗。他这一次向前冲着，好像做出刚才撞肩膀的诡计，但是最后他迅速冲向了下面的雪地，他的牙齿接近了斯皮茨的左前腿。咔嚓咬碎骨头的声音传来，这只大白狗用三条腿面对着巴克。巴克冲击了三次想要把他撞倒，然后又重复了刚才的诡计，咬住了斯皮茨的右前腿。尽管疼痛难忍，斯皮茨还是疯狂地维持着自己的生命。他看见了那个寂静的狗群,闪着贪婪的光,伸长了舌头,银色的气息飘了过来,把他重重包围,仿佛看到了从前他的对手就这样被包围着。而这一次,他是被打败的一方。

对他来说已经没有希望了。巴克不屈不挠。同情只会出现在文雅的环境中。巴克开始了一次最残忍的出击。这个圈子越围越紧,他已经能够感觉到这些强壮的家伙的呼吸声了。透过斯皮茨看见他们的目光紧紧地盯在自己身上,稍有不慎就会被他们分食。在场的每一个动物都变得非常无情,就好像石头一样。只有斯皮茨颤抖着,毛发倒竖,对周围的威胁咆哮着,想要吓退即将到来的死亡的威胁。这时巴克跳了起来,他的肩膀终于着着实实地撞到了斯皮茨。狗们黑色的圈子在洁白的月光下变成了一个黑点,斯皮茨就从此消失了。巴克站在那里看着,这只成功的胜利者,原始的野兽完成了他的杀戮,他发现这样的感觉非常好。

第四章　谁赢得了统治权

"嗯?我怎么说来着?我就知道巴克是个可怕的魔鬼。"弗兰克斯这样说着,第二天早上发现斯皮茨消失了,而巴克却伤痕累累。他把他赶到火堆边上,借着火光把队友喊来，指着这些伤口。

"该死的斯皮茨战斗起来就像魔鬼。"普奥特说，他检查着巴克的伤口。

"该死的巴克战斗起来就是更可怕的魔鬼"，弗兰克斯这样回答着，"现在我们的日子就要好了。没有斯皮茨，当然就没有麻烦了"。

普奥特正在给营地的装备打包，把雪橇也绑好了，赶狗人准备给狗套上绳索出发了。巴克快速走到斯皮茨的位置上。但是弗兰克斯没有注意到，而是把索莱克斯领到了这个令狗们垂涎的位置上。按照他的判断，索莱克斯是最佳人选了。巴克迅速扑向了索莱克斯，把他赶走了，自己站到了这个位置上。

"嗯？嗯？"弗兰克斯兴奋地直拍大腿，"看看这个该死的巴克。干掉了斯皮茨，还要抢他的活干"。

"滚开！你这个家伙！"他喊着，可巴克却一动不动。

他拽着巴克的后脖子，尽管巴克威胁地吼叫着，他还是把巴克拖到了一边，换上了索莱克斯。这只老狗不喜欢这样平静地表示出他有点害怕巴克。但是弗兰克斯却很执拗地把巴克换下来，换上了根本不愿意来的索莱克斯。

弗兰克斯非常生气。"混蛋，你就给我待在这儿。"他大喊着,回头拿了一根大棍子在手上。

巴克想起了那个穿着红毛衣的男人,慢慢地向后退着,索莱克斯被带到前面的时候,他再也没有表示继续抢的意思。但是他围着这个棍子所及的范围嗷嗷大叫,夹杂着愤怒。当他围着这个棍子转的时候,他一直盯着这根棍子,好在弗兰克斯打来的时候迅速躲闪,他已经非常聪明地学会了如何对付棍子。

这个赶狗人继续他的工作,他把巴克还是安排在老位置上,戴夫的前面。巴克向后退了两三步。弗兰克斯跟了上来,他又往后退了几步。这样如此的反复了几次,弗兰克斯把棍子扔下,他想可能是巴克害怕鞭打。但是巴克开始了公开地反抗。原来他不是想逃避棍棒,而是想争取领导权。这是他应得的权利。这是他赢得的,减少丁点都感觉不满意。

普奥特过来插手了。他把大棒扔了过去,巴克躲开了。他在巴克的面前诅咒巴克,还有他的爸爸、妈妈,还有他身后遥远的下几代,还骂他的皮毛,他身体里流动的每一滴血;而巴克则用怒吼回应他的诅咒,和他保持一定的距离。巴克不想跑开,而是退到营地周围转来转去,很明白地表达着自己的诉求,只要他的愿望得到满足,他会回来好好地工作。

弗兰克斯坐下来抓着他的头。普奥特边看表边咒骂着。时间过得飞快,他们本应该一个小时以前就出发了。弗兰克斯又抓起了他的头,摇着脑袋对着那个通讯员狡猾地笑着,对方耸耸肩,感叹他们被打败了。然后弗兰克斯走到索莱克斯的位置呼唤巴克回来。巴克笑了——狗特有的笑,但他还是保持一定的距离。弗兰克斯把索莱克斯的绳套解下来,把他换回到原来的位置上。狗队套着雪橇原地未动,随时准备出发。前面的位置留给了巴克。

巴克一路小跑地回来了,带着胜利的欢笑,在领队的位置上摇摇摆摆。他的挽绳拉得很紧,雪橇队出发了,和两个赶狗人一起奔向了河道。

这两个赶狗人现在开始佩服巴克了。以前还真低估了巴克。在有限的职责内,巴克负起了领导的责任。什么地方需要裁判,他就果敢地思考,果敢地行动,显示出强于斯皮茨的一面。弗兰克斯从来没看见过这样的能力。

巴克制定法律,而伙伴又愿意遵守。戴夫和索莱克斯从来不介意领导权的改变。这不是他们所能胜任的。他们的工作就是忍受困苦,在旅途中衷心地忍受困苦。只要他们自己不受到干涉,他们对外面的事情什么都不关心。贝利的脾气一直那么好,能够遵从领导的命令。队里的其他狗在斯皮茨执政后期就变得越来越不老实了,巴克现在开始规范他们的行为了。

派克紧跟在巴克后面,从来没拒绝过强加到他身上的重物,甚至比他体重都重的重物也没拒绝过。他拉着货物飞快地向前跑。这一天巴克拉着生命中最沉重的货物。扎营的第一天晚上,乔伊,那个喜欢挑刺的家伙,被狠狠地教训了一顿——这是连斯皮茨都无法完成的事情。巴克只是轻而易举地把自己超重的身子压在了他的身上,直到他停止怒号,祈求怜悯才住手。

整个队伍的基调立刻跟上了节奏。队伍恢复了以前的团结一致,所有狗一起跳跃的时候就感觉像一只狗一样。在瑞克爱皮德,当地的两只狗,迪克和康纳也加入了队伍。巴克的声望抵消了弗兰克斯的紧张。

"从来没有哪只狗能像巴克这样!"弗兰克斯叫道,"不不,从来没有! 这家伙值一千美元。嗯? 你觉得呢,普奥特?"

普奥特点点头,他早就这样觉得,而且一天比一天更强烈。现在路况非常好,包裹打得很好、很结实,更让人满意的是一直没有下雪。不过天气太冷了。温度降到了零下五十度,整个旅程都是这样。两个赶狗人轮换着,或坐雪橇或在旁边奔跑。而狗们一直都在努力向前跑着，几乎一路上没有什么停顿。

三十英里河完全被冰覆盖了，他们只用了一天的时间就穿过了河，而当时来的时候花费了十天的时间。他们一口气从里八支河跑到白马爱皮德地区，一共六十英里的路。穿过马沙、塔基什、伯奈特（一条七十英里的河），他们飞快地奔跑着，那两个轮流替换的人在雪橇的后面被拖着跑。在第二个星期的最后一天晚上，他们登上了白派斯山，借着灯光沿着斜坡下到斯卡为城，船只就在他们的脚下。

这是个奔跑纪录。他们平均每天要大概奔跑四十英里的路。在斯卡为城的三天时间里，弗兰克斯和普奥特寻欢作乐，沉寂在被人邀请到处喝酒的快乐中。而狗队中的狗在雪橇狗中也成了被崇拜的中心。这时有三四个西部的坏男人企图清理全城的财富，他们对着那些穷苦的人要些诡计，公众的兴趣就转移到别的崇拜者身上。接下来就是官方的命令。弗兰克斯把巴克叫到身边，搂着巴克，然后哭了。这是巴克最后一次和弗兰克斯与普奥特在一起。和其他人一样，他们出卖了巴克去换取更多的货物。

有着一半苏格兰血统的人接管了巴克和他的伙伴，

同时和十二支其他的狗队开始了返回道森的疲惫之旅中。现在奔跑的时候也没有快乐了，也不用记录时间，每天只是感到沉重的疲惫不堪，后面拉着重重的货物。因为这是邮件车，装载着来自世界各地对那些淘金者的话，这些淘金者正生活在极地的阴影下。

巴克不喜欢这样，但他还坚持着做这件工作。他学着戴夫和索莱克斯的生活方式，这让他骄傲，他看着他的同伴，无论他们是否也为此骄傲？这是非常单调的生活，像机器一样有规律。某一天总是和另一天一样。每天早上的特定时间，食物来了，火生起来，把早饭吃好，然后把帐篷拆掉收好，给狗套上缰绳，再过大约一个小时的时间就上路了。此时恰好是黎明前黑暗刚刚退去的时候。晚上，把帐篷搭建好，一些人支帐篷，其他人砍柴火，捡松树枝做地铺，另外一些人挑水或冰开始做饭。当然晚上还要喂喂狗。对于他们来说，他们一天唯一的特色就是吃完鱼以后，大约有一个多小时的时间，可以和其他狗到处闲逛一下。这里大概有一百多只狗，他们之间总会有猛烈的战争，但是三场最猛烈的战争之后，基本确立了巴克的王者地位，所以当他发火，炫耀牙齿的时候，其他狗都一哄而散。

或许所有的事情中最好的就是在火堆边上躺一会，

把腿蹲下来,前爪伸到前面,抬起头,眼睛对着火堆梦幻般地眨着。有的时候巴克会想起米勒法官在圣塔卡拉山谷随时被太阳亲吻的大房子,还有水泥的游泳池,还有亚莎贝尔,头发稀少的墨西哥人,库兹和那只日本小狗。当然更经常想起红毛衣以及克莉的死,和斯皮茨的大战,还有他吃过的好东西和想吃的东西。他不是思念家乡。这个太阳岛非常阴暗和遥远,这样的回忆对他来说没有什么力量。更多的潜能来自于对祖先遗传的记忆,这些东西给了巴克一种前所未有的亲密感;这些本能(对祖先过去的回忆成为习惯)在后来的日子逐渐消失了,但是现在又飞快地在巴克的身上复活了。

有时候巴克蹲在火堆边上,对着火焰眨着梦幻般的眼睛,那火光看起来像另一堆火。蹲在这边的火堆边,看到另一堆火中不同的混血人在烤着什么东西。另外一个人腿很短、胳膊很长、头发很乱、很长,眼睛直靠近向后斜着的头顶。他发出很奇怪的声音,看起来非常害怕黑暗,他一直斜着眼往暗处看,他牢牢地抓住自己的手,垂在膝盖和脚之间,他能把一根棍子以最快的速度扔到远处。他几乎全身赤裸,一块破烂的烧焦的皮挂在他后背的下部,他的身上有很多毛。有些地方,从胸部到肩膀,一直到胳膊和大腿的外侧,简直就是一层厚厚的皮毛。他站不直,躯干从臀部开始就往前倾斜,腿从膝盖开始弯曲着。或许他的身体有种特别的弹力,能像猫一样的跳跃,一种生活在可见和不可见的长久的害怕中,使他的反应很敏锐。

有时候多毛男人蹲在火堆边,把头埋在两腿之间就睡着了。有时候,他的胳膊肘放在膝盖上,他的手抱着他的头,好像在用他的体毛挡雨一样。火堆旁边,黑暗笼罩着,巴克能看见许多闪光的煤炭,三三两两的,总是三三两两的,他知道这些是死去了的野兽的眼睛。他能听见它们尸体的碰撞声,在黑夜中显得很吵。他就在育空岸边梦想着,对着火堆懒洋洋地眨着眼睛,这些声音和来自另一个世界的景象能让他的皮毛沿着自己的背竖立起来,立在肩膀和脖子上。直到他闷声地打几个低低的鼾声,或者温柔地叫几声。那个混血儿厨师就会喊他:"嗨,巴克,起来吧!"那个时候另一个世界就会消失,真实的世界就会来到他的眼前,他就会起床,打哈欠、伸懒腰,好像刚才睡得很香。

这是个艰苦的旅程,邮件就在他们的后面,沉重的工作让他们筋疲力尽,当他们到达道森的时候,体重越来越轻,身体状况也越来越差,他们要有十天或者至少七天的休息。但只有两天的时间,他们就带着外面的信件,从巴瑞克出发,沿着育空河岸下来了。这些狗已经很累了,赶狗人发着牢骚,更糟的是每天都下雪。这就意味着道路软绵绵的,对奔跑者来说会有更大的阻力,这些狗就要拉着更重的货物;但是赶狗人倒也公平,尽可能地帮助这些动物。

赶狗人每天晚上都首先照料这些狗,他们在赶狗人之前先吃饭。赶狗人已经不再穿睡袍了,因为他把他的睡袍盖在了狗腿上。然而这些狗的力气还在不断地衰竭。这个冬天开头几天,这些狗就跑了八百多公里,在这疲惫不堪的路程中还要拖着雪橇,这八百公里是最艰苦的生活。巴克站在那儿,组织他的伙伴干活,并维持着纪律,尽管他也非常疲惫。贝利还照例每天晚上例行公事一样地哭喊和呻吟。乔伊比以前更暴躁,而索莱克斯更加难以接近,无论是瞎眼的一边还是另外一边。

戴夫是最受罪的。他一定是什么地方有了毛病,他变得更孤独,更容易被激怒,所以营地一搭建好就立刻给他弄窝,他的主人还喂他吃饭。有一次刚把他的绳套解下来他就倒下了,直到第二天早上再给他带绳套的时候,他都站不起来。在路上的时候,猛拉一下雪橇或者用力才能启动雪橇的时候,他都会痛苦地哭喊。赶狗人仔细检查他的身体,不过什么也没发现。所有的赶狗人都开始关注他的情况。他们在吃饭的时候谈论他,在上床前抽完最后一根烟的时候也谈论着,有一天晚上他们开了个小会。戴夫从自己的小窝里被带到火堆前,赶狗人又压又戳地查看了好久直到他痛苦地号叫好多次。肯定是身体里面出了毛病,但赶狗人确定他的身上没有骨折的地方,实在是检查不出什么。

到达卡莎湾的时候,他已经十分虚弱,在路上摔倒了好多次。这个半苏格兰血统的赶狗人喊了停,把他从队伍中带出来,换上了后面的狗索莱克斯,这样雪橇可以跑得快些。赶狗人是想让戴夫休息休息,让他跟在雪橇后面自由地跑跑。戴夫虽然病了,但是他抗议被带出来,抗议在奔波中却没有被戴上绳索。他嗡嗡地哼叫着,非常伤心地看着索莱克斯站在他服务了这么长时间的位置上。旅途中的骄傲是他本该有的,但是他已经病到了快要死的地步,他不能忍受另一只狗也能做他的工作。

当雪橇队准备走的时候,他挣扎着赶到雪橇压起的一堆软雪里,用他的牙齿攻击索莱克斯,试图把他挤到另一边的软雪中。他挣扎着跳到路上,站到索莱克斯和雪橇之间,而伴随这一过程的是悲伤而痛苦的呻吟、呼喊和哭泣。这个混血的赶狗人试图用鞭子把戴夫赶走,但是他对不断的鞭打根本不在乎,当然赶狗人也不忍心使劲鞭打。戴夫拒绝在路上跟着雪橇队慢慢地跑，在后面太容易跑了，他还是挣扎着到路边的软雪里去跑，尽管到那非常艰苦。直到他筋疲力尽地倒下去，躺在他摔倒的地方，对着前行的雪橇悲哀地号叫着。

他用尽他最后一丝力气跟在雪橇后面。当到达下一个停站点，他仍然会挣扎着站到属于他的位置的雪橇旁，站到索莱克斯的边上。赶狗人逗留了一会，点了一管烟，然后又开始赶着狗队准备上路。这些狗摇摇晃晃地上路了，明显缺乏精力。他们费力地掉转了个方向，却惊讶地停了下来。赶狗人也很惊讶，雪橇根本没动。他叫他的同伴去看看怎么回事，戴夫已经在路上两次攻击过索莱克斯，这次他就径直地站在雪橇的正对面。

他用乞求的目光暗示他希望继续待在原来的位置上。赶狗人有点为难，他的伙伴谈论着一只狗如果不让他在工作的位置上死去将会有多么难受，他回忆着以往的经历，有些狗对这个劳累的工作来说实在太老了，或者受伤了，如果不让他们继续旅途，他们很快就会死去。想到这些，他们开始怜悯戴夫，因为戴夫无论如何都会死掉，如果他死在了路上心里会好受些，也会觉得满意。所以他又被套上了绳索，尽管他很老，但他还是很骄傲地拉着雪橇。由于身体的毛病，他不止一次地号叫着。好多次他摔倒了,被雪橇拖着走,有一次雪橇从他的身体压过去,从那以后他的一条后腿就跛了。

但是他坚持到达了营地,赶狗人在火堆旁给他找了个好地方。早上的时候发现他已经虚弱到不能再走动了。在套绳索的时候,他挣扎着向赶狗人号叫,抽搐着努力站起来,却倒下了。他蠕动着慢慢爬到前面,爬到套绳索的地方。他可以用他的前腿前进,然后拖着身子,每次只能向前移动几英尺。他实在没有力气了,他的伙伴最后一眼看见他的时候,他就躺在雪里喘气,并向着他的战友们呻吟。他们走过河边木料场后面的时候,再也听不到他的号叫了。

队伍停了下来,那个混血儿的苏格兰赶狗人又返回到他们刚刚离开的营地。这些男人停止了讨论。一声左轮手枪的枪声响彻云霄。这个男人匆匆忙忙地返回来。鞭子又响起来了,银铃又欢快地叮当响着,雪橇队又开始前进了。巴克知道,每一只狗都知道,河边的树林里发生了什么。

第五章　艰难的旅程

离开道森的那个盐水湖邮政所已经三十天了,巴克和他的伙伴们一直向前跑着，到达了斯卡为。他们都狼狈不堪、精疲力竭到快要倒下去了。巴克一百四十磅的身体已经减少到一百一十五磅。其他的狗，甚至比他还要轻的狗，相对来说减少的体重比他还多。派克，那只喜欢装病的狗，他一生都在干着欺骗的勾当，曾经成功地扮演了拖着一条病腿，而今也真的瘸了。索莱克斯的腿也瘸了，达波扭伤了他的肩胛骨。

　　他们都经受着残酷的脚疼。他们再也不愿意做跳跃、弹跳这样的动作。他们的脚沉重地拖在地上，刺痛着他们的身体，不断加重一天旅行的疲惫。除了关心这个累得要死的工作外，他们什么都关心不了了。死一般的疲劳不是来自枯燥，而是来自过度的劳累，是不知要多久才能恢复的体力，这濒死的疲惫就是体力在数月劳累之后的消失殆尽。再也没有力气去恢复体力了，也不需要任何力量去唤醒他们。力气全都用光了，只剩一点点来维持生命。每一块肌肉，每一块组织，每一个细胞都是疲惫的，快死的疲惫。这样说是有理由的。差不多五个月的时间他们走了大概两千五百英里，最后的一千八百英里他们只休息了五天。当他们到达斯卡为的时候，很明显，这是他们能够迈出的最后一步。他们已经不能保持一路上紧张的节奏，他们只能最低限度地保持雪橇不滑出轨道。

"再走走,可怜的疼脚",当他们在斯卡为的主要街道上快要倒下的时候,赶狗人鼓励他们说:"这是最后一段了,然后我们休息时间长一点,嗯?肯定的,一段非常长的休息。"

赶狗人非常自信地许诺着一段长时间的休息,他们跑了一千两百公里也就休息了两天。从正常的道理和通行的正义来看,他们应该需要一段时间的休息。但是更多人涌向了克隆代克,还有很多情人、妻子和亲属马上也要来了。拥挤的邮件就像山一样高;当然还有政府的文件。一群群哈德森湾的新狗准备来取代路上已经不中用的狗。这些没用的狗将要被处理掉,这些狗如果卖的话也只能卖一点点钱。

整整过去了三天,巴克和他的同伴们才发现他们有多么累、多么疲惫。第四天早上,来了两个美国人要把他们带走,包括所有的绳套,这显然是一桩便宜的买卖。他们互相称呼着"哈尔"和"查尔斯"。查尔斯是个中年人,肤色很浅,有一双虚弱但水汪汪的眼睛,胡子卷曲着,看起来一幅很凶的样子,下垂的柔软嘴唇就藏在里面。哈尔年轻一点,大概十九岁到二十岁左右的样子,带着一支卡特式左轮手枪,腰带上别着一把猎刀,另外还缠着一排均匀的子弹。这个腰带是他最显眼的地方。这也证明了他缺乏经验,纯粹、十足地缺乏经验。这两个男人显然来错了地方,他们为什么要到北方来冒险,这个地方一些神秘的事情超越了理解力。

巴克听着他们之间的聊天,看见钱从他们和政府代理人手中传递,他知道那个苏格兰混血儿和邮车司机又从他们的生命中消失了,就像从前普奥特、弗兰克斯和其他人从他的生命中消失一样。当巴克和伙伴被赶到新主人的营地时,巴克发现这个地方很潦草、邋遢,帐篷只搭了半截,碗也没洗,所有的东西都乱作一团;他还看见了一个女人。"莫西德。"男人们这样称呼她,他是查尔斯的妻子,哈尔的姐姐,一个美好的家庭。

巴克忧虑地看着他们,他们在把帐篷拆下来,把雪橇装好。他们花费很大力气来做这件事,不过看起来并不是很在行。帐篷被卷起来了,和以前同样大小的帐篷相比,他们卷起来的要大三倍。这些碗还没洗就被混在一起收起来。莫西德不断地唠叨着她的男人们,不断地规劝和建议。当他们把衣服包放在雪橇前面的时候,她建议应该放在后面,当他们把那包衣服放到后面,又捆上其他东西的时候,她又建议别的地方都能放,就是不能放在那里,然后他们又把东西卸下来。

三个男人从隔壁的帐篷出来看了看,相互斜着眼取笑着。

"你们这包裹装得太好了",其中一个男人说到,"不是我不告诉你不在行,要是我,我就不带那个帐篷了,简直就是个负担"。

"做梦!"莫西德大叫,抬起双手摆出一副优雅而有点沮丧的姿势,"如果没有帐篷,我们怎么过啊?"

"现在是春天,你们也不需要带这么多冬天的衣服。"这个男人回答着。

她坚定地摇着头,查尔斯和哈尔正在把最后一件东西堆上那座山一样的行李上。

"你认为这样能走吗?"一个男人问道。

"为什么不能?"查尔斯简短地反驳着。

"哦,好吧,好吧",这个男人赶快谦和地应和着,"这简直就是个奇迹,好像顶上绑的东西太多了"。

查尔斯转过身,使劲地赶着鞭子,可是看起来好像不够长。

"当然了,这些狗要拉着这巧妙的设计走上一整天。"另一个男人肯定地说。

"当然了",哈尔回答,带着一副冰冷的礼貌,一只手撑着杆子,另一只手赶着鞭子,"快走!"他喊着,"往那边走"！

这些狗使劲拉着围在胸上的绳索,非常艰难地向前行驶,过一会就松懈下来。他们实在拉不动这些雪橇。

"这些懒惰的畜生,让你们见识见识。"他大叫着,准备用鞭子鞭打他们。但是莫西德插进来,叫喊着:"哦,哈尔,你不能那么做。"她一把抓住了鞭子,从哈尔的手里拧了过来:"这些可怜的东西! 你必须答应我,在剩下的旅途中不能对他们这么粗暴,如果不答应,我就不走了。"

她的兄弟哼哼着:"你对这些狗太珍爱了,我希望你让我一个人处理这件事,他们很懒,只有打他们才能从他们身上得到想要的东西。这就是他们的生存方式。你可以去问任何人。问问那些男人。"

莫西德恳求地看着这些男人,厌恶地什么都没说,在她漂亮的脸上写满了痛苦。

"他们就像水一样虚弱,如果你想知道",一个男人这样回答着,"他们的精神萎靡,这才是最主要的问题,他们需要休息"。

"休息没用。"哈尔说,蠕动着他那没毛的嘴唇;莫西德懊恼地叹气说"哦!"痛苦而悲伤地诅咒着。

但是她是个家族观念很强的人,立刻冲过来保护她的弟弟,"别在意那些男人说的话",边说边坚定地点着头，"你赶的是我们家的狗，你做的事情是对他们最好的事情"。

然后哈尔的鞭子就落在了狗身上。这些狗用尽全身力气去拉胸绳，他们的脚陷在雪块里，再深深地踩下去。拉的这个雪橇就像拉锚一样艰难。经过了两次努力以后，他们又停下来，喘着气。鞭子又残忍地落了下来，莫西德又一次干涉进来。她跪在巴克的面前，眼睛里噙满了泪水，把胳膊搂在巴克的脖子上。

"你太可怜了，太可怜了，亲爱的"，她同情地哭着，"你怎么不使劲拉啊？这样就不会被鞭打了"。巴克不喜欢她，但是他觉得确实太悲惨了，就没有去反抗她，把她当做了悲惨生活的一部分。

另外一个旁观者，他曾经试图紧闭牙关而不发表任何言论，现在也支持不住了，开始说起来："不是我想朝你们喊什么，我是为了这些狗。你们可以帮他们把雪橇拉动起来。这些狗快要冻僵了。你们两个一左一右，抵住杆子，雪橇就能走了。"

第三次试着走起来，但是这一次，他们接受了建议，哈尔帮着这些快要在雪地里冻僵的奔跑者们。超载但不平稳的雪橇前进了，巴克和他的伙伴们在雨点般的皮鞭下疯狂地挣扎着。前面一百码的小路陡然转个弯就会到大马路上。这个头顶过重的雪橇摇摇晃晃地,需要有经验的人才能保持平稳,但是哈尔显然不是这样的人。拐弯的时候,雪橇就翻了。绳子松开了,车上一半东西都滚落下来。但是这些狗却没有停下来。变轻的雪橇从狗的后面又被拉起来。他们变得很疯狂,他们受到了残酷的虐待,还拉着超载的货物。巴克愤怒了。他向前奔跑着,后面的狗在他的带领下紧随其后。哈尔大叫:"哇!哇!"但是他们丝毫不在意。哈尔跑了几步,就停下来了。变轻了的雪橇超过了他,被这些狗疯狂地拉着冲向了大街,冲过了狂欢的斯卡为大街,雪橇上剩下的东西凌乱地洒到了大街上。

善良的市民抓住了狗,把这些散落的东西收在一起。他们也提供了一些建议。人们都说要想到达道森,只放一半的货物,还有两倍的狗才有可能。哈尔和他的姐姐、姐夫不情愿地听着别人的劝告,搭着帐篷。过多的装备,还有捆的像罐头一样的货物,引来人们一阵大笑,因为在那长长的旅途中,将这么多货物捆的像个罐头一样实在像一场梦。

"这么多毛毯够开旅店的啦。"旁边的一个人边笑边帮着他们。

"有一半都嫌太多了,处理掉吧。帐篷也扔了吧,还有这些碗,难道还有人在路上洗碗?上帝啊,你们以为你们在普尔曼度假啊!"

他们还是按照原计划前进了,把多余的东西扔掉显然是不可能的。莫西德哭了,她的衣服包像垃圾一样扔在地上,一件一件地从里面拉出来。莫西德一直在哭闹着,特别是那些多余的东西被扔了以后。她拍着手,敲着大腿,撕心裂肺地前后晃动着。她发誓绝不走半步,即使为了快冻僵的查尔斯也不往前走。她恳求每一个人留住每一样东西,最后还是擦干了眼泪,开始扔一些不是特别必要的东西。在她的热情下,她处理完了自己的东西,又去处理那两个男人的东西,她像龙卷风一样在他们两人之间穿梭着。

这件事做完以后,东西减少了一半,但是还是有很多东西。傍晚查尔斯和哈尔去外面又买了六只狗。这些狗,再加上狗队原来的六只狗,和破天荒地在瑞克瑞佩茨地区得到的两只猛狗——迪克和库纳——这只狗队就有十四只狗啦。不过外来的这些狗,尽管他们踏上这片土地就意味着加入这个队伍,不过他们实在不太顶用。三只是短毛狗,一只是纽芬兰狗,另外两只不知道是什么血统的混血狗。这些新来的狗,看起来什么都不懂。巴克和他的同伴们厌恶地看着他们,尽管巴克迅速地安排了他们的位置,试图教他们不应该做什么,可是始终教不会他们。这趟旅行,他们并不友善,除了两只混血狗以外,他们发现自己身处陌生而残酷的环境中,遭受从来没有经历过的虐待,他们都很迷茫,精神一蹶不振。而那两只混血狗,根本就没有精神,骨头脆弱到好像很容易折断的地步。

带着对这些新来狗的失望,或者说绝望,这个队的老狗在剩下的路途中精疲力竭地又前行了两千五百公里,除了白茫茫耀眼的一片,路上什么都没有。然而那两个男人却非常地兴奋。他们也非常地骄傲。他们带着十四条狗,比较前卫的队形。不管从帕斯出发前往道森还是从道森回来的狗队,从来没看见过有十四条狗这么多的队伍。在北极地区前进的狗队,有一个道理说明为什么不能十四只狗拉一个雪橇,因为一只雪橇不能装下十四只狗的食物。但是查尔斯和哈尔不知道这件事。他们用一支笔完成了对旅途的计算,一只狗需要多少食物,这么多狗需要多少食物,那这么多天又需要多少,莫西德看着他们的肩膀,似有所悟地盘算着,所有的事情都这么简单。

第二天早上晚一些的时候,巴克带着长长的队伍来到了街道上,没发生什么新鲜的事,也没有狗冲过来咬巴克和他的伙伴。他们只觉得疲惫得快要死掉了。从盐水湖到道森的路程，他来来回回已经走了四次了，已经非常熟悉疲惫不堪是什么滋味，而他又要面对同样的旅程，他感到更痛苦。他的心脏好像已经不工作了，不光是他的，其他狗的心脏也好像不工作了。外来的狗胆小懦弱，而原来的这只狗队对他们的主人失去了信心。

巴克朦胧地感觉到，对这两个男人和那个女人没什么好依靠的了。对任何事情他们都不知道应该怎么做，而随着时间一天天过去，很明显地，他们也不会吸取教训。他们对什么事情都很懈怠，没有命令，也没有纪律。他们要花大半夜的时间去搭一个邋遢的帐篷，又会花半个早晨的时间把帐篷拆下来，把货物乱七八糟地放在雪橇上，接下来的一天就要经常停下来重新整理雪橇。这么多天，他们还没走上十公里。还有的时候，他们根本就不能启程，他们计算过狗吃一天食物能奔跑多少公里，可从来就没有哪一天成功地超过这个数字一半的路程。

很显然，他们将要面临狗食短缺的问题。他们把问题归结为过度喂食，到了食物短缺临近的日子，他们就少喂食。这些新来的狗，他们的消化系统还没训练好，没经受过长期的饥饿，不能把最少的食物得到最大的利用，他们的胃口反而出奇的好。当这些精疲力尽的狗变得越来越虚弱的时候，哈尔发现供食份额太少了。他又增加到双倍。那个时候，莫西德漂亮的眼睛里又充满了泪水，喉咙也哽咽着，她不能再诱惑哈尔多给狗们一些食物了，因为那个狗盘子已经装满了，之后她又悄悄地偷一些鱼干给狗吃。但是巴克和他的伙伴们需要的不是食物，而是休息。虽然他们现在行走的时间很少，但拉着的这些沉重货物，还是慢慢耗尽了他们的体力。

食物短缺又来了。哈尔有天早上醒来的时候发现了这个事实，狗食已经吃了一半，但前进的路程只走了四分之一；更糟糕的是，没有额外的爱抚，也没有更多的钱让狗获得足够的食物。他把原有份额又减少了一些，同时增加了每天的行程。他的姐姐和姐夫也支持这样做，但很快他们就被沉重的货物和自己的无能挫败了。一个非常简单的问题是，如果给狗很少的食物，这些狗就不可能走得更快，而他们自己也没有能力早晨早一点出发，这是阻止狗队不能长时间行走的原因。他们不仅不知道怎么让狗工作，他们也不知道怎么让自己好好工作。

第一个走掉的是达波。他是个可怜的常犯错误的贼，他常常被抓到，然后被惩罚，然而他却是个非常忠实的工作者。他扭伤了自己的肩胛骨，没有受到好的优待，更没有好好休息，他的伤势从严重到恶化，直到最后，哈尔用他的卡特左轮手枪射死了他。村里流传着这样一种说法，外来的狗如果按照野狗的食物喂食就会被饿死，所以巴克以下的这六只外来狗也只有死路一条。纽芬兰狗第一个死掉了，紧跟着又有三只短毛狗死掉了，那两只混血儿狗挣扎在垂死的边缘，马上也要走到生命的尽头。

到了这个时候，这三个苏格兰人身上的舒适感和绅士派头也完全没有了。北极之旅变得越来越严峻，无论是对男性还是女性而言，都没有浪漫和魅力了。莫西德停止了对狗们的哭泣，转而自我哭泣。吵架是他们永不知疲倦的事情。他们的易怒来自悲惨的生活，随着悲惨的增加，又增加了双重的易怒，远远超过悲惨本身。他们麻木了，非常痛苦。他们的肌肉疼了，他们的骨头也疼了，特别是他们的心更疼；因为这个，他们的语言变得更尖酸，他们一大早或者晚上的最后时光，从嘴里吐出来的总是最坚硬的言辞。

查尔斯和哈尔定会扭打在一起，只要莫西德一给他们机会。他们各自的心里都有这样的念头，就是自己做得比另外一个人更多，而且他们从不遏制把这个念头说出来的冲动。有时候莫西德站在丈夫一边，有时候站在她的兄弟一边，结果就是永不结束的家庭争吵。争吵起源于谁应该去劈柴生火（这样的争吵限于查尔斯和哈尔),很快地就会拉拉扯扯到其他的家庭成员,爸爸、妈妈、叔叔、堂兄弟,几千里之外的人也会被拉进来,甚至有些都已经死了。哈尔关于艺术的观点,或者他的妈妈的哥哥写的一个社会剧,都和劈柴生火有点关系,有的还要好好理解;然而这个争吵好像来源于查尔斯的政治偏见。查尔斯姐姐的那张编瞎话的舌头应该和育空的这场生火之战有关系,好像只有莫西德,没有背上争论家庭的负担,只不过偶然有对她丈夫家庭不满的表示。最后争吵的结果就是火没生起来,帐篷搭了一半,狗也没喂。

莫西德渐渐感觉到了一种特别的悲伤——关于性别的悲伤。她很漂亮,也很温柔,在她的一生中都被有着骑士般风度的男人青睐着。然而,目前她的丈夫和她的兄弟却从来也没有显示过骑士风度。他们抱怨着,对她所有的控告都来自于她的性别的特权,他们觉得她使他们的生活无法容忍。她不再操心狗了,因为她很疲倦、很痛苦,她坚持着要坐在雪橇上。她很漂亮,也很温柔,可是她一百二十磅的体重,对这些虚弱、快要饿死的狗来说,是个沉重的负担。她坐在上面好几天,从开始上路到雪橇停下来,她都一直坐在上面。查尔斯和哈尔求她下来走一走,而她却开始哭,胡搅蛮缠地控诉着他们的粗鲁。

他们唯一一次用力把她从雪橇上拉下来后,她走起路来的腿就像受伤的小孩,甚至就差坐在地上不走了。他们继续赶路,但她却不向前挪半步。后来他们赶了三公里的路,把东西从雪橇上卸下来,又返回来找她,费尽力气又把她放到雪橇上。

他们自己是不幸的,他们用更加不幸的方式对待动物们。哈尔有种理论,在别人身上实践着,就是一个人必须铁石心肠。他开始把他的理论应用到他的姐姐和姐夫身上。如果在那个地方失败了,他就用棍子猛敲那些狗们。在五指山地区,他们的食物吃光了;一个掉了牙的老妇女和他们做起了一笔买卖,她拿好几磅的冰冻马革换左轮手枪,这东西和猎刀一起别在哈尔的腰上。能够可怜地替代食物的东西就是这个皮革,这些好像是马夫六个月以前从饿死的马身上剥下来的。这些冻起来的东西就像镀了一层铁的带子,当这些狗撕咬着把他们吃下肚子里,就会变成越来越细而没有营养的皮革绳子,还有一团一团的短毛发,让人难受,不容易消化。

面对这一切,巴克在整个队伍最前面蹒跚着,就像在做噩梦一样。能拉的时候他就拉着;不能拉的时候就倒在地上,一直等到鞭子或棍子赶他再起来。坚挺而又富有光彩的毛皮早就不见了。毛发倒挂着,软软地耷拉下来,混合着哈尔拿棍棒打他的干血迹。丰满的肌肉变得像打结的绳子，新长的肌肉也消失了，每一块肋骨和身上的每一块骨头所显现出的线条清晰可见，而这一切就包裹在一张松散而又皱巴巴的狗皮上。这是令人伤心的事情，只有巴克的心还没彻底破碎，因为那个穿红毛衣男人已经证明过了一切。

这就是巴克的生活，巴克的同伴也是这样生活的。他们已经变成皮包骨了。包括巴克在内，现在狗队还有七条狗。他们的生活极度悲惨，他们对皮鞭的鞭打和棍棒的敲打已经变得没知觉了。对疼痛的感觉变得越来越迟钝，就像他们眼睛看见、耳朵听到的东西一样是幽暗而遥远的。或许他们的命只剩下半条，甚至更少。他们就好像是装着骨头的袋子，闪现微弱的生命火花。当攻击来袭时，他们就像死狗一样倒在地上，生命的火花会变得暗淡，变得苍白，看起来就要熄灭了。当皮鞭和棍子落到他们身上的时候，生命的火花会颤动起来，摇摇晃晃地站起来，蹒跚地往前走。

有一天，贝利，那只好脾气的狗，倒下去再也没有站起来。哈尔已经变卖了他的左轮手枪，所以他拿着斧头敲贝利的头，贝利就躺在路上，然后哈尔就把贝利的尸体从套具上切下来，把他拖到了一边。巴克看见了，他的同伴也看见了，他们知道他们的下场就是这样。

第二天库纳走了，他们就剩下五只了：乔伊，走的路太长了，都已经没有力气再去使坏了；派克，一瘸一拐的，还剩半条命，还不足以维持他去装病；索莱克斯，那只瞎了一只眼睛的狗，仍然对这艰苦的工作矢志不渝，可悲的是他只剩一点点的力气去拉雪橇；谛克，这个冬天还没走多远的路程，就成了挨鞭子最多的狗，因为他是新来的；巴克，还站在这支队伍的最前面，已经不再去维持纪律，更不再为这种强力而奋斗了。他对虚弱感到麻木，只是机械地往前走，脚也没什么知觉了。

　　这是个漂亮的春天，但是狗和人都不会去注意。每天太阳早早地升起，迟迟地落下。他们那个地方早上三点钟就是黎明了，直到夜里九点还有恋恋不舍的余晖。整个一天都阳光明媚。那个幽灵般寂静的冬天让位给了春天，轻轻地呼唤着复苏的生命。呼唤的声音源自大地的一切，充满了生命的欢愉。生命轮回，在长达数月的霜冻中，有些生命就如死了一样从不移动，现在又开始动起来。松树里升腾起生命元气。柳树和山杨树也开始发起嫩芽。灌木和藤树装扮起一层绿衣。蟋蟀也开始在夜里唱歌，白天就慢慢地爬行，沙沙地在阳光下作响。鹧鸪和啄木鸟也兴盛起来，叩响森林的大门。松鼠在聊天，鸟儿在歌唱，头顶飞过南方的大雁，像可爱的楔子一样，划破长空。

每一个山坡都能听到山里流水声叮咚作响，看不见的泉水乐曲。万物开始融化，呈现出峥嵘之相。育空地区地下的力量挣扎着破坏束缚它的坚冰。这股力量在下面对付冰，太阳从上面消化冰。空气小洞一个个开始形成，裂缝扩展开来，有些细小的冰块掉到河里。在这所有的爆发、撕裂、唤醒生命的悸动中，在耀眼的阳光下，春风和煦，而那两个男人和一个女人，还有他们的狗正一步步走向死亡。

随着狗们不断地倒下，莫西德又开始哭泣起来，坐在雪橇上，哈尔无伤大雅地咒骂着，查尔斯的眼睛闪烁着泪光，他们蹒跚着走到了白河口约翰·桑顿的营地。当这些狗到达的时候，顿时就趴到了地上，就好像他们一下子被棍子打死了。莫西德的眼泪哭干了，她眼巴巴地看着约翰·桑顿。查尔斯坐在一根圆木上休息。他慢慢地坐下来，已经累得僵硬的身体使他坐下来也费了很大的力气。哈尔在讲话。约翰·桑顿在削一截桦木枝，他要把它做成一段斧头柄。他一边削着，一边听着，只是随便地应答几个词句，当被问到的时候，就简单地回答一些建议。他知道这种血统的人，即使你非常确信地给他们一些好建议，他们也不会照做的。

"他们告诉我们前面的冰已经开始融化了，我们最好的办法是绕道前进。"哈尔回味着桑顿的警告,那些融化的冰已经不能再走了。

"他告诉我们现在不能打白河的主意了,可是我们已经到了白河边上。"说最后这句话的时候,还带着一点不屑的嘲笑。

"他们告诉你的是对的",约翰·桑顿回答着,"下面的这些冰随时随地都会散掉。只有傻子,带着盲目的运气,才能够通过白河。我直接告诉你吧,即使阿拉斯加所有的金子都给我,我也不会拿我的生命在这些冰上冒险"。

"我觉得这就是因为你不愚蠢",哈尔说,"不管怎么样,我们要前往道森"。他伸出鞭子,"起来,巴克,咳,起来,前进!"

桑顿继续削着他的东西。他知道在傻瓜和傻瓜之间还有一种人,那就是懒汉。两三个傻瓜凑在一起也不会改变事情发展的方向。

但是这支队伍没有在命令下站起来。过了好长时间也不能把这些狗唤醒,不得不动用鞭子的力量。这鞭子到处飞舞,残忍地行使鞭子的使命。约翰·桑顿紧闭着嘴巴。索莱克斯第一个爬起来。谛克也跟着站起来,然后是乔伊,痛苦地呻吟着。派克费了极大的努力,两次都摔倒了,又摇摇晃晃地试图第三次站起来。巴克待在那儿,一动不动。他静静地躺在他摔倒的地方。这鞭子一次又一次地鞭打他,既没有抱怨,也没有挣扎。这样过了一段时间,桑顿开始说话了,改变了他原来不想说话的主意。他的眼睛湿润了,而那鞭子还在继续着,他站起来,心事重重地来回晃动着。

这是巴克第一次失败,他本来有充足的理由对哈尔大发雷霆。哈尔扔掉鞭子,换上了用惯了的棍棒。棍棒打在他身上像雨点一样沉重,巴克也拒绝站起来。像他的同伴一样,他已经没有能力站起来,但是和他们不一样的是,他也暗下决心,绝不站起来。他已经模糊地感觉到即将来临的黑暗时刻。当他穿过河岸的时候,他已经明显感觉到了,从那以后,这种感觉就再也没有离开过。每天他都能感觉到他脚下的冰越来越薄,越来越松散,他感觉灾难近在眼前,而他的主人恰恰要把他赶到那块冰上。他拒绝发怒。他已经遭受了巨大的痛苦,走了如此遥远的路程,那些打击对他来说已经算不了什么了。当这些棍棒不断地下落,生命中闪烁的火花正在慢慢熄灭。他觉得特别麻木,就好像和这件事有着非常遥远的距离,他意识到他正在被鞭打。在他身上留下的只有疼痛而已。他感觉不到什么了,只好像模糊地听到棍棒在他身上断裂的声音。但好像那已经不是他的身体了。

突然,没有任何警告,爆发出一声号叫,就像一只动物的哭喊,约翰·桑顿跳到了这个挥舞棍棒的男人身边。哈尔被吓得向后一跳,就像差点被一棵快要倒下的树打到。莫西德尖叫着。查尔斯哀愁地看着,擦着他水汪汪的眼睛,但是他没有站起来,他就僵在那里。

约翰·桑顿挡在了巴克的前面,努力控制自己,愤怒地颤抖着,一句话都说不出来。

"如果你再这样打他,我就杀了你。"他最后用他那令人窒息的声音说着。

"这是我的狗",哈尔回答,当他再站过来的时候,擦着嘴巴里的血,"给我滚开,不然我就修理你,我要去道森"。

桑顿就站在他和巴克之间,没有任何迹象显示他要离开。哈尔拔出了他的猎刀。莫西德尖叫着、哭喊着,显示出她那歇斯底里的疯狂。桑顿用刚才的斧头柄敲哈尔手上的关节,把猎刀敲到了地上。哈尔弯着腰,捡起猎刀,砍了两下,把巴克的绳套砍下来。

哈尔没有和桑顿打架,而是两只手和胳膊搀扶着自己的姐姐;而巴克已经接近于死亡,也不能用来拉雪橇了。几分钟之后,他们走过了河岸下到河里去。巴克听到他们走了，抬起头看了看。派克领头，索莱克斯掌握车轮，旁边是乔和谛克。他们一瘸一拐地走着，步履蹒跚。莫西德还是坐在雪橇上。哈尔控制着杆子，查尔斯跟跟跄跄地跟在后面。

巴克看着他们，桑顿在他旁边跪下来，用他那粗糙但很友善的手检查巴克，看看有没有打断的骨头。他什么都没发现，只有刚才的棍伤和可怕的饥饿，雪橇队已经走了四分之一英里。巴克和桑顿看着雪橇队沿着冰慢慢前行。突然他们看见雪橇的后面掉下去了，带着很大的惯性，还有哈尔撑的那个杆子，在空中猛烈的抖动。他们的耳朵里又传来了莫西德的尖叫声。他们看见查尔斯掉过头向后面跑，然后塌了一大块冰，狗和人就这样消失了。消失的冰层掩盖了旅途的痕迹。

约翰·桑顿和巴克互相对着看。

"你这个可怜的魔鬼。"约翰·桑顿这样说着，巴克舔着他的手。

第六章　去爱一个人

约翰·桑顿十二月初的时候冻伤了脚，他的同伴为了让他舒服点，就把他留下来养伤，用一段圆木做了个竹排,顺流而下,前往道森。当他救巴克的时候,腿就有点轻微的跛,随着不断来临的温暖天气,这轻微的跛脚就留在了他的身上。在这个地方,在这个长长的春天,躺在河岸上,看着奔腾的水流,慵懒地聆听小鸟的歌唱和大自然的喃喃细语,巴克慢慢地恢复了体力。

在走了三千英里以后,能美美地休息一下该是多么美好的事情啊!不得不承认巴克在养伤的时候变得越来越懒惰了,肌肉膨胀起来,骨头上开始长肉了。因为这个原因,他们都很悠闲——巴克、约翰·桑顿、斯哥特和尼格,他们两个在等着竹筏回来,再把他们带到道森。斯哥特是条爱尔兰小猎狗,她最开始和巴克交朋友,在巴克快要死的时候,还没有能力反抗她的出击。她拥有一些狗特有的护士般的特点,就像猫妈妈舔她们的小猫,给他们洗澡一样,她就给巴克清洁伤口。通常每天早上,巴克吃完早饭以后,她就会去完成自己给自己的任务,直到后来他期待着这只母狗的到来,就像期待桑顿的到来一样。尼格也一样的友好,尽管好像没办法证实,他是一只大黑狗,半猎犬血统和半鹿血统,他的眼睛含着笑,脾气非常好。

让巴克惊讶的是,这些狗并没有显示出对他的嫉妒。好像他们都在分享桑顿无尽的友善和无尽的宽厚。当巴克变得逐渐强壮的时候,他们就怂恿他参加各种滑稽的游戏,就连桑顿也忍不住要参加进来,在巴克整个恢复时期,巴克变得很顽皮,他有了一种全新的生活方式。爱,真正充满热情的爱意,是巴克第一次感受到的。在米勒法官家,太阳亲吻的圣卡拉山谷也没有感受到。法官的儿子曾经和他一起追逐、奔跑,那只不过是一种玩伴关系;而和法官在一起,是一种稳重而又令人尊敬的友谊。但是爱能让人发热、燃烧,是令人爱慕的,是疯狂的,而这些都是来自于约翰·桑顿。

这个男人曾经救过他的命,而且更重要的是他是个理想的主人。其他人也会给他们的狗一些好的待遇,但是更是一种责任或者是生意上的利益;他感觉到桑顿给他的待遇就像对待自己的孩子一样,他忍不住去爱他们。他看到了更深刻的地方。他永远也忘不掉那友善的打招呼和那令人兴奋的词句,然后就坐下来和他们长时间地谈话(他把这样的谈话叫做"充点儿气"),这是桑顿的快乐,也是他们的快乐。他有种非常粗鲁的方式,他的双手围在巴克的头上,再把自己的头放在巴克的头上,前后地摇晃,这个时候他总是叫错巴克的名字,而巴克却对这个名字很满意。巴克知道再也没有什么事情会比那粗鲁的拥抱和窃窃私语的咒骂声更让人快乐了,每一次来回的摇动中,好像他的心脏就要从身体里跳出来了,这样的方式简直让他感觉狂喜。这样的时候他就会很放松,跳到桑顿的脚边,巴克就高兴地笑着,眼睛里含情脉脉,喉咙颤抖着却发不出声音来。在这样的情形下,不需要再做其他的事情,约翰·桑顿就会虔诚地欢呼:"上帝啊,除了不会说话,你什么都能干啊!"

巴克有一个诡计就是用来表达爱意的,不过这种表达就像一种伤害一样的。他会把桑顿的手指叼到嘴巴里,突然凶猛地咬下去,咬好长一段时间,桑顿的手上就会留下深深的牙印。就像巴克明白桑顿的诅咒就是一些爱语的表达,桑顿也明白巴克的这种攻击也是一种爱抚。

然而大部分时间,巴克对爱的表达方式有点狂热。当他和桑顿一起去野外的时候,桑顿会抚摸他或者和他说话,巴克就会非常高兴,而不仅仅把这个看成一个象征而已。不像斯歌特,她会在桑顿的手下蹭她的鼻子,直到得到桑顿的抚摸,或者也不像尼格,他会悄悄地走过来,然后把他的大头放到桑顿的膝盖上休息,巴克更愿意让这种爱保持一点距离。他愿意一小时一小时地躺在那,渴望而又机警地趴在桑顿的脚边,抬起头看他的脸,仔细地端详着、研究着,对桑顿的每一次表情的变化,每一个动作,每一点的改变,都有浓厚的兴趣。或者如果有机会的话,他就会躺在更远的地方,在桑顿的边上或者是后边,看着这个男人的轮廓或者身体的某一个偶然的动作。就这样,他们的生活中保持着这样的交流,什么话都不用说,闪动的心都表现在各自的眼睛里。

当巴克被救活的很长一段时间里,巴克不喜欢桑顿的身影消失在他的视线里。他离开帐篷到他又回到帐篷的时候,巴克总是跟在他的脚后跟。自从巴克来到北方,他的主人都是暂时的,他对没有长久的主人感到害怕。他害怕桑顿会从他的生命中消失,就像普奥特、弗兰克斯和那个混血的苏格兰人一样消失。甚至是在晚上,在他的梦中,他也会被这样的恐惧缠绕着。每当这个时候,他会从睡梦中惊醒,蹑手蹑脚地忍受寒冷,来到帐篷的垂帘边,听着主人的呼吸。

巴克对约翰·桑顿怀着深深的爱意,这不得不说是在文明的感化下产生的。而那原始的野性,在北方唤醒的原始野性仍然存活着,而且也变得活跃起来。忠诚而献身,这些源于生命之火,这是他自己的;然而他也保持着自己的野性和狡猾。他是一只野生动物,从野外来,现在坐在桑顿火堆的旁边,他不是从南方的土地流浪而来的狗,他的身上不带有文明的特征。因为他巨大的爱,他不能从这个男人身上偷走什么,但对于其他男人,或者其他的帐篷，他就会毫不犹豫地开始行动，而他偷东西的狡猾也足以使别人觉察不到。

他的脸上和身上布满了其他许多狗牙齿咬过的伤痕，他像以前一样猛烈地战斗着，而且更加机警。吵架的时候，斯歌特和尼格的脾气实在太好了——除此之外，他们属于约翰·桑顿；但是这只陌生的狗，不管他是什么品种，或者多么勇猛，他们很快地感觉到巴克的霸权，并用一种可怕的姿态为自己的生活奋斗着。巴克其实很残忍。他已经完全明白了大棒和尖牙的法则，他从来不放弃自己的权利，他也不会在敌人面前退缩，哪怕是走向死亡之旅。他从斯皮茨那里学到了教训，从警察和邮政所的那些狗的主要战斗中学会了很多，他知道这里没有中间过程。他要么制服别人，要么被别人制服，如果显示出慈悲就是一种软弱的代表。慈悲不存在于原始的生活中。这里不能对害怕有所感受，如果感受到了就即将导致死亡。杀人或者被杀，吃人或者被吃就是法则；这种法则随着时间的绵延而具有强烈的深刻道理，巴克必须遵守这个法则。

当他看到越来越多，感受到越来越多的时候，他变得非常老练。他将过去和现在联系在一起。他体内的世界正以非常强大的节奏跳动着，这节奏就像潮汐的变化、四季的轮回。他坐在桑顿火堆的旁边，一只大而凶猛的狗，白白的牙齿、长长的皮毛；而在他的内心深处是各种狗混合的影子，半狼的和完全野生的狼，迅速而敏捷，品尝着肉的味道，喝着他的水，享受着微风，聆听森林中原始生命发出的声音，控制他的情绪，引导他的行动，当他躺下的时候就要躺下睡觉，还要做着梦，梦见自己在梦中扮演的角色。

这些影子不断地影响着他，一天天过去，他身上的人性或者对人性的呼唤越来越淡漠。森林深处的呼唤是悦耳的，每次听到这种呼唤，就会不自觉地感觉颤抖，深受诱惑。他会迫切地转过那堆火和周围的大地，走向森林深处，一步一步地，他不知道在什么地方，也不知道为什么；他也不去想什么地方或者为什么，这种声音是专横的，就在森林深处。但每一次当他踏上这片柔软的，没被开垦的土地，他就会被约翰·桑顿的爱拉回来，再次被拉到这片火堆旁。

只有桑顿一个人支持他，其他再也没有什么人情味了。偶尔有些旅行者会表扬他或者宠爱他，但他对这些却显得非常冷淡，如果有人过分显示出对巴克的喜爱，他就会站起来走掉。当桑顿的伙伴，汉斯和皮特，坐着一直被期待的木筏回来时，巴克不愿意注意他们，直到后来才知道他们是桑顿非常亲密的朋友。从那以后,巴克就默许接受他们的示好,并以容忍和沉默来回报他们的友好。汉斯、皮特和桑顿一样,大大咧咧的,看上去简单而毫无心眼。他们从道森锯木厂的漩涡里驾着木筏回来后,就开始理解巴克了,理解他所走过的路。于是,他们就不再坚持让巴克像斯歌特、尼格一样亲密地对待他们。

巴克对桑顿的爱越来越强烈了。桑顿在这些男人中是孤独的。在夏季的旅行中,他会在巴克的背上放上一个包裹。对巴克而言,没有什么做不了的,只要桑顿下令了。

一天,桑顿和他的狗坐在峭壁上。这峭壁非常陡峭,三百英尺才见到裸露的山岩。桑顿坐在峭壁的边上,巴克紧挨着他。桑顿突然起了一个念头,他招呼汉斯和皮特注意他以前没想过的实验:"跳,巴克!"他发了令,挥着胳膊指向一个深谷。巴克跳了过去,桑顿瞬间在这巨大的山崖边一把拉住巴克。汉斯和皮特则把他们使劲往回拉。

"这太神奇了!"皮特说。实验之后,他们闲聊开了。

"不,这很辉煌,也很危险。你知道吗?有时这样做,我们也很害怕。"桑顿摇摇头。"我可不愿做一个让他悬空了,再去伸手拉住他。"皮特看着巴克,说道。

"这太危险了！太刺激了！"汉斯接过话说，"我就有这种想法"。

他们到了阿拉斯加的环城。除夕夜过去了，皮特的忧虑成了现实。"黑"布顿，一个脾气很坏的人，在酒吧里一直和一个新来的伙计吵架。这时桑顿兴致勃勃地走了过去，站在两者之间。巴克习惯地趴在拐角，头放在前爪上，看着主人的一举一动。布顿出其不意地出手，直向桑顿的胸口打来。桑顿一下子被打得后退了几步，只是靠着抓住了吧台的铁把手才勉强站稳。

这个时候，随着一声咆哮的吼叫。人们看到巴克一下子跳到半空，嘴就对准了布顿的嗓子眼。"黑"布顿本能地求生，挥动着胳膊，还是被巴克扑倒在地板上。巴克压在布顿身上，嘴对着他的喉咙。这下子，恶魔般的"黑"布顿只能部分地扭动着身子。他的喉咙已被撕破了。这时，人们围向巴克，将他赶走。当大夫检查布顿流血的伤口时，巴克还在吼叫着，试图再次冲上去，却被一顿大棒逼退了。后来，在这个营地召开了一次矿工会议，会上人们一致认为巴克太凶恶，不能留在附近。于是，巴克被送到别处了。但是，他的名声却从此传播开来，传播到阿拉斯加的每一个营地。

这一年秋天，巴克在另一次行动中救了桑顿的命。

当时,他们三个合伙人——桑顿、汉斯和皮特正撑着一艘又长又窄的船,在四十里弯的一条险峻河道里顺流而下。汉斯和皮特的工作是用一条细细的马尼拉绳,绕在岸上的一棵棵树上,慢慢地使船往下漂走。桑顿用一根杠子在撑船,不时对着岸上呼唤。巴克在岸上,既担心又焦虑,和船保持同样的速度,眼睛从未离开过他的主人。

在一个危险的地方。岩石裸露在水面上。汉斯放松了绳子,桑顿把杠子指向岩石,想用杠子顶住石头,使船绕开急流。此时,飞流而下的河水咆哮着,船开始晃荡,桑顿被猛地甩到船边,船一下子翻了,人和东西都掉入湍急的水中。在这种野马般的水流中,是没有人能够生还的。

巴克刹那间跃起,从三百码开外处跳入水中。在疯狂地打着旋的水里,他追上了桑顿。桑顿猛地拉住了巴克的尾巴。巴克向着岸边,用他所有的力气向前游去。可是,这种直接向岸上游非常吃力,野马似的水流向下奔腾着,发出巨大的吼声。浪打在岩石上,被撕裂成千百万碎片,又向岩石上冲去。岩石像一把巨大的梳子,用他的牙齿过滤着蜂拥而来的急流。桑顿明白,从这里登陆是不可能的。他用尽全身力气突然抱住了一块岩石,但又被冲向了第二块石头,还没等缓气,又被冲向了第三块。

他双手死死地抓住了岩石滑溜溜的尖端。他松开巴克，并吼道："走开！巴克！巴克！"巴克控制不了自己，顺水快速地漂了下去。他在水中挣扎着，但始终不能成功地游回来。他一遍又一遍地听着主人的命令，将头举过水面，好像是最后看主人一眼。他拼尽全力地游着，硬是在刚才那段不可能登陆的地方游上了岸。

岸上的人清楚，在飞流而下的河水中，一个抱住滑溜溜岩石的人，是撑不了多久的。于是，他们飞快地往上游跑，在距离桑顿不远的上方，用那根停住小船的绳子斜绑在巴克身上——他们让绳子既不会勒住他，又不会妨碍他的游动——然后把巴克投入水中。巴克勇敢地向前游着，但在急流中无法游得很直。等巴克发现这一点时，已经迟了。桑顿向他扒了五六次，都无法靠近他。

汉斯麻利地掌控住了绳子，就像巴克也是一条船。巴克的脑袋不时地浸没在水里，又挣扎出来。当他被拖上岸时，已经被淹得奄奄一息了，他大口大口地喘着气，嘴里往外不停地吐水。他勉勉强强地站了起来，又倒了下去。桑顿微弱的声音传了过来。虽然他们没说什么，但是都知道，桑顿已经到了极限。巴克听到主人的声音，浑身如电击一般的跳了起来，冲到汉斯和皮特的跟前。绳子又一次套在巴克身上，他又下水了。巴克向前游去。

这一次，游得更直了。汉斯松着绳子，放得不是很开，而皮特则保证不使绳子搅在一起。巴克戴着绳子直接游到桑顿的正前方，然后稍微转了一下身子，迅速地朝着主人游了过去。桑顿看见他游过来了。身后的水流推着巴克，他扑了过去，两只前爪紧紧地抱住了桑顿粗大的脖子。汉斯把绳子绕在树上，使绳子不再往下。巴克和主人在水里紧紧地拉扯着，绳子勒得很紧，令人窒息。有时主人在水上，有时巴克在水上。他们游过了锯齿般的岩石，一次又一次地碰在暗礁上，终于，他们拉着绳子回到岸上了。

桑顿倒了下去，肚子猛地撞在汉斯和皮特预先从河里打捞上来的木头上。他第一眼先看到巴克，看着他一瘸一拐明显失去了力气。尼克正在狂吠，斯歌特则在舔着巴克湿淋淋的面孔和那双紧闭的眼睛。桑顿小心谨慎地走到巴克跟前，仔细检查了他的身体，发现有三根肋骨断了。

"太难为他了！"桑顿大声喊道，"我们就在这里宿营"。

他们就在那里宿营了，直到巴克折断了的肋骨被重新接上，他又能行走了。

这年冬天，在道森，巴克又扮演了一次开拓者的角色,也许看上去不是那么轰轰烈烈,那么英雄十足,但却使他的名字多次镶嵌在阿拉斯加名声很旺的图腾柱上。这次开拓尤其使桑顿他们三个人很满足,因为他们需要有能力在这处女般贞洁的北极地方,进行一次满怀希望的旅行。他们需要旅行的装备、费用。

一次,在艾尔多瑞多,人们都在大大夸奖自己的狗。巴克因为以往的名声而成为这些人谈话的目标。桑顿被强烈的虚荣心驱赶着来护卫巴克。半个小时后,一个人说,他的狗能拉五百磅重的雪橇行走,另一个人则吹他的狗能拉六百磅重,第三个人则吹嘘说能拉七百磅。

"呸!"约翰·桑顿说,"巴克能拉一千磅!"

"能拉着走吗,能走一百码吗?"找金王马托森喊道,他刚吹嘘自己的狗能拉七百磅。

"行! 能拉走一百码!"约翰·桑顿冷静地说。

"好!"马托森慢慢地说道,"我出一千块钱,说他不能! 钱放在这里!"说着,他使劲将一袋大香肠大小的金粉"砰"的一声摔在酒吧的桌子上。

没有人说话。大家都认为桑顿太鲁莽了——如果真的算鲁莽的话。桑顿能感到有一股热血慢慢地涌上了他的脸,他的舌头欺骗了他,他不知道巴克能不能拉动一千磅的东西。半吨重啊! 老天! 他对巴克的力气很有信心,经常认为他有能力拉起这么重的东西,但是,直到目前为止,他还没有亲见。现在,众人的眼睛都在注视着他,他们不说话,在沉默中等待着。桑顿现在可拿不出一千元来,汉斯和皮特也不能。

"我现在到外面去弄一个雪橇来,放上二十只五十磅的面粉袋了!"马托森继续用那种粗鲁而坦然的语气说着,"希望这没有影响你"。桑顿没有说话。他不知道该说什么,而是好像失去了思考能力,茫然地看着屋里的每一个人,希望能找到一种什么方式使事情从头开始。

杰姆·奥布瑞——也是一位找金王,还是过去的朋友——吸引了他的目光。这对他是一个暗示,好像在提醒他,提醒他去做他从没有梦想去做的事情似的。

"你能借给我一千元吗?"他问道。

"行!"奥布瑞答道,"砰"的一声扔下一个鼓鼓的袋子,摆在马托森袋子旁边,"虽然我也没有多大信心,可是,我看这个畜生能行!"

艾尔多瑞多全镇出动,都来观看这场打赌比赛。人们都走了过来,都来押赌。好几百人戴着皮帽子、皮手套、穿着皮衣服、皮裤子,在不远处围观雪橇。马托森的雪橇上已经装了一千磅重的面粉,已经在那里一两个小时了。在这种强烈的寒冷中(零下六十度),跑过来的人很快就冻成硬硬的雪堆了。有人提议说巴克根本就拉不动这个雪橇，他们下的赌注是二比一。人们叫喊着、说着种种俏皮话。奥布瑞让桑顿叫围观的群众松动松动，让巴克在完全安静的状态下出发。马托森则建议快点出发，别让围观者冻僵了。而其他早已打过赌的人则根据自己的好恶把赌注下到三比一来反对巴克。

没有人相信巴克能完成这件活。桑顿匆匆忙忙地下了赌，他自己也充满疑惑。现在他盯着雪橇，盯着这个事实，盯着只有十只狗的狗队才能拉起的，在雪中堆起的这堆货物。或许这个任务不太可能完成。马托森更加得意了。

"三比一！"他宣布，"我在那个数字上再给你一千元，怎么样？桑顿！"桑顿脸上的疑惑是明显的。但是他的斗志被唤了起来。他叫来了汉斯和皮特。他们的袋子和自己的也一样，也是奄拉着。他们三个人加起来总共也就两百多块钱。但是，他们还是毫不犹豫地放在马托森六百元钱的旁边。

三比一就三比一！

没有十只狗的狗队，只有巴克。巴克戴着绳套，被拉到雪橇跟前。他感觉到，一定要用某种方式为约翰·桑顿做出伟大的事情来。巴克处在绝对良好的状态中，一百五十磅的体重使他显得那么年富力强、精力充沛；浑身上下的皮毛闪着丝绸般的光泽；长过颈下、肩膀的长毛，又恢复了往昔的雄姿，半竖了起来，每根都充满着力量；那巨大的胸膛和有力的前肢比例非常协调；肌肉在皮下紧绷绷地凸现着。人们感受到了这些肌肉，认定它们像铁一样的坚硬，加上去的赌注又下降到了二比一。

"好！先生们，先生们！"哥伦比亚河北岸印第安部落最后王朝的一位成员斯库卡姆·本切斯王结结巴巴地说："我向你们提议八百元！阁下，比赛前，阁下，八百元！"

桑顿摇着头一步步地走到巴克跟前。

"你要离开他站着！"马托森抗议道，"这是公平的比赛，你要离他远一点！"人们静了下来，只能听到赌徒们得意洋洋的二比一的声音。人们都知道巴克是一条优秀的狗，但二十袋五十磅重的面粉，在他们眼中实在太大了。

桑顿半跪在巴克的旁边，他的双手支在脸颊上。他不能像平时那样开玩笑地摇巴克，而是小声对他说："就像你爱我，巴克，就像你爱我一样！"他只能低声说这些话。巴克用一种被压抑的热情悲鸣着。

人们好奇地观望着。比赛越来越神奇，看上去像一场念咒游戏。当桑顿站起了脚，巴克用前爪抓住了他戴手套的手,用牙轻轻地咬了一下,然后慢慢地松开了牙。桑顿极不情愿地一步步走了回来。

"开始!巴克!"桑顿下令。

巴克绷紧了全身,然后慢慢地走了几步。他从来就都是这样开始的。

"走!"桑顿大喝一声,划破了紧张的寂静。

巴克向右动了一下,一头扎进向前的运动中。装着二十袋面粉的雪橇绳子一下子勒在巴克一百五十磅的身躯上。雪橇颤动了一下,巴克四肢发出清脆的、滑过冰雪的咝咝声。

"走!"桑顿又喊了一声。

巴克这次加倍用了力气。这次是向左。雪橇先是发出几乎听不到的吱吱声,接着声音越来越大。雪橇在原地打着转。巴克的四肢打着滑,他向旁边滑了几英尺,雪橇突地向前动了一下。旁观者憋住呼吸,认真地看着这个场景。

"前进!"桑顿的命令像一声枪响。巴克拼命向前。绳子紧绷绷的雪橇发出刺耳的吱吱声。巴克全身的力气集中在一个点上,他做出了可怕的努力。丝绸般的皮毛下的一块块肌肉像活了似的翻滚着。他将整个胸脯低向大地,头朝前方,所有的指甲都深深地抓在结实的雪地上，抠出一排排平行的凹槽。

雪橇摇动着、颤抖着、缓缓地向前启动了。

巴克的一只脚滑了一下，旁观者中有人"哎呀"了一声。接着，雪橇犹像不决地又动了起来，好像成功地摆脱了一次被阻止的冲撞，尽管它根本就没有被什么东西挡住过。一英寸……两英寸……能感觉出，阻力在减小。当雪橇获得冲力时，巴克就向前用劲，直到雪橇稳稳地沿着大道动了起来。

人们大口地喘着气，用力地呼吸着，而刚才，他们都屏住了呼吸。桑顿跑在后面，用短促而热烈的话鼓励着巴克。当巴克接近那对用来标记一百码的柴火堆时，欢呼声就开始爆发了。声浪越来越大，在巴克通过了柴火堆，对停止的命令表现得迟疑不决时，声浪终于变成了震天彻地的吼声。

人们紧张的心情松弛了下来，个个眼里都满含着热泪，甚至包括那个马托森。帽子和手套飞上了天空。大家互相拥抱，不管认识不认识。笑声、闹声和激动此起彼伏。桑顿跪在巴克旁边，头对着头，使劲摇着巴克的头。急急忙忙走过来的人们听着他的咒骂。桑顿长久地、热情地、充满蜜意地咒骂着巴克。

"天哪，阁下，阁下！"斯库卡姆·本切斯王唾沫星乱溅地说,"我要为他给你一千元。阁下,一千元。啊,不,不不,一千二百元,阁下,一千二百元!"

桑顿站了起来,他双眼湿润,泪流满面,"先生!"他对斯库卡姆·本切斯王说,"不! 先生,你应该下地狱! 这是我对你最好的回答!"

巴克用牙咬住了桑顿的手。桑顿抱着他笑着、摇着,共同的喜悦使他们化为了一体。

旁观者有礼貌地离开了他们。他们再也不会随便地被人分开了。

第七章 野性的呼唤

巴克仅用五分钟就为约翰·桑顿赚了一千六百元,替主人还掉了所有的债务。不仅如此,还让他和他的伙伴有可能去北极东部进行一次长途旅行。那里的废矿和这个国家的历史一样久远。很多人都去那里寻找宝藏,可是几乎没有人有收获,有些甚至因此而丧命。那个废矿在陡峭的高山上,非常神秘,没有人知道谁是第一个去那里的。最古老的传说里提到第一个人时就没有下文了。那儿有一间古老的、摇摇欲坠的小屋,据说只有死人去过那里。这间小屋就是矿区的标志,是隐藏金块的证据。那儿的天然金块，不是北方地区的任何等级的金块所能比的了。

可是，所有去过的人都死了。约翰·桑顿、皮特和汉斯，还有巴克和另外六只狗就要前去那里。要知道，之前所有那些和他们一样前往北极东方的人，无一不是杳无音讯。他们的雪橇滑了七十英里到达了于肯地区，向左一转就进入了斯特瓦特河谷，经过了麻腰和麦块斯河流，又一直沿着斯特瓦特河向前，河流慢慢变细，像一根线似的从陡峭的山顶倾泻而下。那山顶就是这一块大陆的最高峰，而这个山脉就是这块大陆的脊梁。

约翰·桑顿几乎没有问过这一地区的环境，他不怕这种荒凉。只要有盐和来复枪，他就能一头扎进这无边无际的荒野中，来去自如。他不会着急，也不在乎印第安风俗。一路上，白天靠打猎吃饭。万一打不到猎物，他就像印第安人一样，继续前进。他的经验告诉他，迟早会遇到猎物的。因此，这次伟大的东部之行，直接由他的弹药决定食物。弹药和其他工具都是放在雪橇上的，他们有充足的时间。

对巴克来说，像这样的打猎、钓鱼、无所障碍地奔跑，是极其快乐的事情。有时，他们一连十几天都在赶路。等停下后，不管是在哪里。那些狗就会到处去溜达，人就挖洞、用冻僵的兽粪生火、在火头上洗那没完没了的脏锅、脏碗。有时他们没有东西可吃,只能一直挨饿;有时又像过节似的,无拘无束地过着自由的日子。所有这些都由游戏丰富不丰富,打猎运气好不好来决定。夏天到了,那些狗和人们背靠着背,坐在筏子上过高山湖泊;或者坐在用从岸边挺拔的森林里砍下的粗大的木头做成的细长小船上,在那些不知道名字的河流里飘荡。

一月又一月,时光慢慢流逝。他们在这无边无际,地图上找不到的地方四处闯荡。夏天,暴风骤雨将他们折磨;冬天,林带线和永久雪线之间光光的山顶上冰冷的日光又将他们冻得瑟瑟发抖。他们还掉进山谷里,在成群的蚊虫和苍蝇中挣扎;又在冰河的阴凉中采集草莓和鲜花,这里的草莓和鲜花,和让人神往的南方的草莓、鲜花一样丰富,一样漂亮。这一年的秋天,他们陷进了一个不可思议的湖泊区。这里暗淡而荒凉,死一般的寂静。或许以前也有过各种野禽,但是现在却毫无生机。阵阵冷风吹过,随处可见冰雪的飞舞;流水孤独而忧郁地泛着浪花。

又一个冬天,他们漫游在一个曾有人到过可如今杳无人烟的地方。偶尔,他们来到一条通过森林的古代小路,似乎离那间充满传说的小屋更近了。可是,没有人知道这条路始于何处,通往何方,又是谁开辟的这条路,为什么要开辟它。一切都是那么神秘。又有一次,他们偶尔见到一间样子像古墓,早已损坏了的猎人小屋。在那些腐烂了的毛毯中,约翰·桑顿发现了一个长桶似的燧石打火装置,他知道这个装置是用在早期西北地区哈德森海湾公司制造的枪支上的。在当时,这样一支枪和枪身高度那么厚的海狸毛皮价值相当。此外,小屋中别无他物。

春天又来了。

他们来到了一个勉强可以称得上是"路"的尽头的地方。那里也没有那间小屋,却在一个宽广的山谷里发现了一个含有金粒的矿地。这里的金子就像洗衣盆底部的黄油似的闪闪发光。他们再也不用往前去寻找别的了,决定就在这里,哪也不去了。他们一天天地忙碌着,将金子装进驼鹿皮做成的袋子里,五十磅装一袋。堆积起来,像云杉树枝搭成的小屋外面的柴火堆一样高。他们如同力大无比的巨人,不知疲倦地干着,一天天像做梦似的。财富堆积得越来越高。

狗没有什么事情可干,只是时不时地偷些桑顿猎到的肉来吃。巴克长时间呆在火边冥想,那个短腿长发人的影子经常进入他的脑海。此时此刻,没有什么事情可做，那个影子就经常在火边眨眼，巴克沉浸在自己的世界里。

这个世界里最突出的东西就是恐怖。那位长发人睡在火边时，巴克发现他的头放在膝盖之间，两手互相紧握着。巴克看见他睡得很不安稳，有许多动作，表明他始终醒着。这个人在黑暗中会不时地朦朦胧胧地出现，把更多的木头扔进火里。巴克能感到他和这个人沿着海边走，长发人捡着贝壳吃。巴克眼睛滴溜溜地转着，提防着随处隐藏的危险，双腿则随时准备好，只要危险一出现，就像风一样跑开。巴克又和他无声地爬着穿过森林。他们两个耳朵扯动着，鼻孔哆嗦着。因为这个人和巴克一样，都敏捷地听到了什么，闻到了什么；长发人能荡到树丛中，能在树梢上行走，速度快得和在地上行走一样。他用手抓住树枝荡来荡去，有时能一下子荡过去十几英尺，又一把抓住树枝，从不失败，从不掉到地上。他呆在树上的家里和呆在地上的家里没什么区别。巴克想起来了，不管在什么地方守夜时，这个长发人都是双手紧紧地抓住树枝，睡在他头顶上的树上。

和这个长发人的影子同样虚幻的是，在森林深处有一种声音在呼唤。声音使巴克充满不安和陌生的欲望。为此，他常常发呆，且有一种甜蜜的愉悦。因为终究不知道这声音到底是什么，因而他就判断，这是一种野性的怀念、野性的躁动。有时他追赶着这种声音直到森林深处。他到处寻找，仿佛这是一种实实在在的东西。他轻声地叫着，很明显，叫声渺小，而胆子却很大，并且带有反抗的意味。这种心情是可以控制的，他会把他的鼻子伸到冷冷的木头上，伸到那些苔藓里；或者伸到黑色的土壤里，那里生长着茁壮的绿草。每当闻到这肥沃土地上的气息，他的心中就充满了愉快；或者他会好几个小时地蹲在那里，仿佛在执行着埋伏的任务。他的身后是霉菌覆盖着的倒在地上的大树干。他睁大双眼、直起耳朵，机敏地捕捉着能听到、看到的一切。他对这种不能理解的呼唤感到吃惊。他确实不知道为什么要关心这些乱七八糟的东西。一切都是那么毫无理由。

不可控制的冲动掌握了他。他会躺在营地上，懒懒地在日头下打瞌睡。但是他的头会突然抬起来、耳朵翘起来，专心地去倾听。他会猛地跳起、冲过去奔跑几个小时。他会跑过森林里的小道，穿过那些长满了一束束叫不上名字、北极地区特有的黑色植被的开阔地带。他爱跑到下面干枯的河道里，爱偷偷地爬到树丛中窥探小鸟们的生活。白天的某个时候，他会躺在树丛下面，聆听鹧鸪咕咕地鸣叫；另一些时候，他则在树林中大摇大摆地走来走去；他尤其喜欢在夏天的子夜里跑进朦胧的月光下，倾听大森林睡眠中柔和的声音。像人类阅读书籍一样，他试图去弄懂那些符号、听懂那些声音、追寻那种神秘，那种醒的时候以及睡着的时候的呼唤，那种自始至终都在让他去关心的东西。

一天晚上，他从睡梦中惊醒、睁开了热切的双眼、竖起灵敏的鼻孔，全身毛发形成一个个波浪。从森林深处又传来了那种呼唤（或者那种呼唤的一个音调，这种呼唤一直都被巴克记录着，有多种音调）。这次呼唤音色分明，音调准确，过去从没有这样过。这是一种拖得很长的号叫。巴克知道这种号叫，这是一种古代的号叫。巴克穿过了沉睡的草地，快速而平静地猛冲过树丛。他接近了这种号叫声，越是接近，他就走得越慢。他小心地迈着每一步，终于走到了林中的一个开阔地。他挺起腰来，抬头向前看去，原来那是一只像木头似的、斜立着长长的细身材、鼻孔正冲天而号的狼。

巴克没有弄出任何声音。那只狼停止了号叫，它已经感到了巴克的存在。巴克大方地摆了个姿势，半蹲半坐着，身体收拢在一起，尾巴又直又硬，四肢不屈服地踏在地上。巴克的每一个动作都混合着恐吓，还暗示着一种友好，这是一种使野兽和被掠夺者之间的会面濒于休战的表示。但是,这只狼还是逃离了他的视线。巴克带着野性的跳跃跟随着,狂暴地扑了过去。巴克跟随着那只狼进到了一条黑黑的通道,在小河的河床上,有一大堆木头挡住了去路。那只狼旋转了起来,以它的后腿为轴心,用巴克以前的队友乔的时髦动作,以及所有那些逼到困境中的,声音嘶哑了的狗们的疯狂咆哮着,毛发高高地竖起,露出牙齿咧着嘴,连续、快速、成功地猛扑、猛咬着。

巴克没有进攻,而是用一种友好的态度,围着它转着圈。这只狼有点迟疑,有点害怕,因为巴克的身体有它三倍大,而它的脑袋只及巴克的肩膀那么高。看见巴克过来了,它猛地又跑开了。追击又重新开始了。过了一会,那狼又被俘获了,刚才发生的事情又重新做了一遍。显然这狼的各方面条件都很差,不如巴克。但巴克却也很难抓住它。每当巴克到了它的侧面,它就会叫喊着跑开。

狼终于认识到巴克的顽强了。它靠着鼻子去闻,发现巴克不想伤害它。于是他们就变得友好了,开始半害羞地违背了野兽的凶狠劲而玩到一起。这样过了一会儿,这只狼用一种大步子来表示它要到什么地方去了,它很明白地向巴克表示它还要过来。于是,他们就肩并肩地消失在朦胧的迷雾之中,直向小河湾的河床跑去。跨过一个荒凉的分水岭,来到小河流的峡口,这是小河的发源地。沿着小河的斜坡，他们到了一个低洼地，这是一个宽广无边的森林，有许多的河流。他们穿过这个森林，一直往前跑，太阳升得越来越高，天气慢慢暖和起来。

巴克非常兴奋，他知道他正在对那"呼唤之声"做最后的回应。他并肩和他木头似的狼兄弟朝前跑着。以前的记忆很快回到脑海，他跑得越来越兴起，迫切渴望见到那个"呼唤"的影子，即使是鬼影子也不怕。巴克以前也做过这种事情，只是记忆已经很模糊了，现在他又要重复一次。他是那样地自由自在，于空旷的大地上奔跑。大地在脚下，蓝天在头顶。

他们来到了一条溪流边，停下喝水。巴克想起了约翰·桑顿，于是他就坐了下来。那只像木头似的狼朝着那确实传来"呼唤"的地方跑去，然后又返回巴克身边，做出用鼻子闻他的动作，好像是鼓舞他继续跑。但巴克却慢慢地站起身，掉头向着来的路上走去。他的野兄弟走到跟前，陪着他走了一段美好的时光，并轻声地悲鸣着，似乎对巴克的反悔有所不满。巴克又坐了下来，鼻子向天空伸去，大声地号叫了起来，号叫中带着悲伤……巴克坚定地走向了回家的路。他的野兄弟们的悲鸣越来越模糊，越来越缥缈，直到消失在遥远的森林里。

巴克在约翰·桑顿吃晚饭的时候回到了营地，他向主人表达了狂喜：把他推翻，爬到他身上，舔着他的脸，咬着他的手，非常疯狂。约翰·桑顿对这种疯狂的游戏给予了特殊的回报，他也抱着巴克笑得前仰后合，还夹杂着高兴的骂声。

接下来的两天两夜，巴克都没有离开营地，没有离开过主人的视线。他看着他工作、看着他吃饭、看着他晚上钻进毛毯，早上再从帐篷里走出来。可是，两天之后，那种"呼唤"从森林里又传了过来，比过去的声音更大、更急、更响。巴克又不安宁了，他又被他的野兄弟的影子缠住了。他又想起分水岭的那片土地，想起和他肩并肩穿过大森林的木头似的兄弟。他再一次到树林中徘徊，可是却见不到那位野兄弟。虽然他整夜整夜地守候在那里，可那种悲伤的号叫却再也没有传来。

巴克开始在外面过夜了，有一阵子曾好几天离开了营地，待在外面。他又回到小溪尽头的分水岭，来到那块堆放木材的低地。在那里他漫游了整整一个星期，徒劳地寻找着那位野兄弟的新踪迹。在这期间他咬死了一些小动物，用来充饥；他迈着轻松的大步，到处走着，好像从不疲倦。在那天不知从哪里入海的宽阔河流中，他抓到很多大马哈鱼。在抓鱼时，被遮天蔽日的蚊虫咬得半死。此后，又在这条河边杀死一头大黑熊。他无助而可怕地在森林中咆哮着。在这些艰难的战斗里,他身上最后的残忍被一点点唤醒了。两天之后,他又返回杀死那头大熊的地方,看到十几只狼正围着那头死熊争抢。他像愚弄小东西似的把它们赶开,只剩下两个,这样它们就不再争吵了。

巴克对血的渴望变得比以前更加强烈了。他经常靠自己的勇气去捕食,他觉得只有靠自己的勇猛,才能高傲地生存在这个世界上。周围的环境充满竞争,只有强者才配存活。他越来越觉得骄傲,全身充满了自豪。他的所有行动都表明了这种自豪,或者说,正是自豪驱使了他的行动。这使得他的皮毛无比光荣,他的肌肉、眼眉上飘逸着美丽的棕色,胸脯正下方白色的毛发散射着一种光亮。他很容易被误认为是一只狼,只是他比远古血统里最大的狼还要大。他高大而结实的身躯是从圣伯纳犬那里继承的,又从牧羊犬的母亲那里,将这种高大的身躯发展到极点。他的肌肉比狼还要多,还要夯实;他的头比所有巨大笨重的狼头还要宽大;他带有狼的野性和狡猾,又结合了圣伯纳犬和牧羊犬的智慧,加上现在在这个凶残环境里所经历的一切,学到的各种经验,使他成为一只让人畏惧的动物。

对一种肉食动物来说,他有的就是力气。加上现在又处于生命的巅峰，精力非常旺盛。桑顿每次抚摸他背的时候，都能感到他身体里面的活力，这种活力充斥到每根毛发中，似乎随时都能爆发。巴克全身生机勃勃，肌肉里的每根纤维都焕发着蓬勃的力量。他全身各个部位配合得那么到位，丝丝入扣。但凡目力所见，听力所及，需要行动时，他都能像闪电那样快速做出反应。凡是一只极力保护自己或攻击对手时的狗所能采取的一切行动，巴克都能以两倍的速度和力量做到。他在观察任何一个动作、任何一点声音时，都能用最少的时间做出正确判断，而这一点，在别的狗那里，是遥不可及的。他能在同一个时间里做到发现、判断和攻击，而不像别的狗那样有先后的秩序。在巴克这里，这三个动作互为因果，不需要任何时间差。他的肌肉坚硬，牙咬起来，就像咬在钢铁做成的弹簧一样。巴克身上的力量之泉，一旦从体内迸发，化成涓涓细流，就会源源不断地冲向外面的世界。

"我从来没见过这么一条狗！"一天约翰·桑顿说。当时他的伙伴们正看着巴克冲出营地。

"上帝就是照着他的模子把他造出来的。"皮特说。

"太棒了！我想我再也找不出更美语言来形容他了。"汉斯断言。

他们看着他冲出了营地，但他们没有看见，他在冲进森林的秘密地方之后的那种可怕的变化。

巴克不再往前冲了，他马上变成了一个野蛮的东西，丢掉了那些柔软的动作以及像猫一样的行走方式。快速奔跑的影子，在更加疯狂的影子中出现了、消失了，又出现了、又消失了。他把肚子贴在地面像蛇一样地爬行，并像蛇一样地跳跃和进攻；他能不被发现地从窝里弄到一只松鸡；能无声无息地杀死一只睡着了的兔子，能咬死一只飞过半空的花栗鼠，并且把时间算得恰到好处，若再稍迟一点，那花栗鼠就飞进树丛中去了。在开阔的水池子里，鱼的动作对他来说就太慢了，海狸也没有他快。他把它们抓住吃了，还能小心翼翼地修复好被弄坏了的堤坝。他杀死它们，是为了吃掉填饱肚子，不是为了嬉笑打闹。他不会去吃那些已经死了的东西，而是会亲自去杀了吃。因此，他的行为比较滑稽，他喜欢偷偷地接近松鼠，而一旦抓住松鼠，又会把它放开。他会用一种让松鼠感到无比恐惧的方式戏弄它们。

秋天来临，大量的驼鹿出现了。它们缓缓地走在低洼、崎岖的峡谷里，等待冬天的到来。巴克已经猎杀到一头迷路的、即将成年的小驼鹿，但他强烈地希望能猎到一个更大、更强健、更凶狠一些的猎物。

一天，巴克来到分水岭，走到小河尽头。一群二十多头的驼鹿走过溪流和林区，为首的是一头巨大的公驼鹿。这头公驼鹿有六英尺高，性情狂野。他是一个巴克希望中的可怕的敌手。巴克走了上去，这头公驼鹿突然抬起它那巨大的手掌状的鹿角。鹿角分开有十四个点、有七英尺宽。公驼鹿的眼睛里燃烧着凶狠的火焰，露出恐怖的光芒。它吼叫着凶狠地看着巴克。公驼鹿的上半身有一处露出了一只羽毛弓箭的末端，这更加衬托了它的可怕。

受一种蛮荒世界的、古老狩猎时代的本能的驱使，巴克把这头公驼鹿从鹿群中分了出来。这可不是件轻松的事情。他在公驼鹿前大声地吼叫、凶猛地跳跃。站在那巨大的公驼鹿以及可怕的鹿蹄子前，若稍有不慎，巴克就会有生命危险。公驼鹿面对巴克的獠牙的威胁，开始变得狂暴，终于兽性大发，向巴克进攻。巴克机警地躲开了，用一种无能为力的假象引诱着公驼鹿，慢慢将他从驼鹿群中分离开来。这时有两三头小驼鹿从后面冲了上来，想将受伤的公驼鹿赶回鹿群中间。

很多动物有一种不知疲倦的，生命本能般坚忍不拔的耐心。它们可以保持一个动作，在几个小时内一动不动，尤其是在猎取食物时。比如蜘蛛网里的蜘蛛、盘成圈的蛇、草丛中守候着的豹。这种耐心巴克也有。他在驼鹿群的周围，挑逗式地进攻着，以便激怒那些小驼鹿，让那受伤的公驼鹿愤怒、疯狂。巴克如此持续了半天，他的勇气越来越大，从不同角度发起进攻，以迅雷不及掩耳之势攻击分散了的驼鹿。这些驼鹿们越来越焦躁，失误越来越多。

一天结束了，太阳落在西北方的河床下。年轻的驼鹿们维护它们头领的能力越来越勉强。寒冷的冬天蹂躏着这些处于低纬度的驼鹿们，它们无法摆脱这个不知疲倦的家伙。这家伙一次次地把它们拦住，想要它们的命。巴克对厮杀充满乐趣，随着战斗的延续，驼鹿死伤的数字越来越多。夜幕降临了，公驼鹿站在那里，垂头丧气。它悲切地看着它的伙伴们，它所了解的这些母驼鹿们、它父亲般统帅着的这些小驼鹿们以及它所控制的其他驼鹿，它们全部疲乏地走在黄昏里。老公驼鹿是不能再跟着它们走下去了，它将鼻子猛地冲向巴克那可怕的獠牙。这头三百磅——比巴克的体重还多一倍——的公驼鹿，这头曾经活得那么顽强，活得充满着野性的公驼鹿。此刻，在这最后的关头，它却要面对死亡的威胁。要知道，威胁它的这头动物，它的头还没有它的膝盖高呢！

从那一刻起，不管黑夜还是白天，巴克再也不会给这个猎物以片刻的休息机会。他不会让其他的驼鹿们去吃嫩条、嫩叶或是其他什么桦树、柳树的枝芽，也不会让受伤的老公驼鹿在跨过狭长的溪流时，喝水解渴。驼鹿们一直在逃跑，巴克没有试着去拦截它们，而是轻松地跟在它们后面，惬意地看着游戏的进展。当驼鹿们停在那里，他也会躺下，可一旦驼鹿们要去吃或喝时，他就猛烈地向它们进攻。

老公驼鹿的庞大的头在鹿角的下面垂得更低了，步履蹒跚的步子迈得越来越虚弱了。它终于只能虚弱地站立，鼻子贴在地面，耳朵耷拉了下来。巴克却有更多的时间去饮水，去休息了。此刻，巴克红色的舌头垂了下来，大口大口地喘着气，眼睛死死地盯着老公驼鹿。

巴克要下手了，大地似乎为之颤动。

当这些驼鹿们跑进这块土地时，其他种类的生物也在跑进来。森林、溪流和空气看上去早就为各种类别的生物而颤动。这种颤动巴克已经发现，他不靠视力、听力和嗅觉，只靠一些别的难以琢磨的什么感官，就能确实地意识到这种颤动。他听不见什么特别的，也看不见什么异样的，可他能知道，这块土地是有点儿不同东西了，并且已经在蔓延。巴克想等他完成眼前之事后，着手去打探一番。

在第四天结束的时候，巴克终于咬倒了巨大的老公驼鹿。他用了一天一夜的时间，把他杀死，吃他的肉。巴克躺下，四处张望着。休息一会之后，他的力气又重新恢复了，甚至比以前更加强壮了。他将脸转向营地，向着约翰·桑顿。突然，他开始大步慢跑起来，时间一分一秒地去过了。在杂乱无章的路上，他很清楚自己的前进方向。他要穿过这片陌生的土地，跑到约翰·桑顿跟前。他前进的方向和想见的人，都仿佛是一根很强的磁针，刺痛着他的神经，让他惭愧。

他往前跑着，越来越感觉到大地有一种新的涌动，在这块森林里分明还有一种别的生命，不同于他夏天感觉到的所有生命。这一点已经用某种微妙的方式被他感受到了。鸟们在谈论着这个事实，松鼠们在闲聊着，微风也用耳语诉说着。有好几次，他停了下来，深深地呼吸着清晨的新鲜空气，思考着这个事实，思考着这个使他更快速地跳跃、更快速地向前奔跑的事实。巴克被一种要发生灾难的感觉压迫着，即使这种已经发生了的事情不是灾难，他仍感到莫名的压迫。当他跨过最后的溪流，跑在通向营地的山谷之中，这种感觉更加强烈。

离营地还有三英里，巴克看到一种新鲜的踪迹。这种新鲜的踪迹使得他脖子上的毛发起了波浪，竖了起来。他沿着这些踪迹向着营地，向着约翰·桑顿跑去。巴克飞奔着,每一根神经都绷紧了。他机敏地注意到了更多细节,每一个细节都在讲述一个故事。他在营地里走来走去,鼻子告诉他,这里的生命信息已经改变了。他默默地在森林里观察着:鸟们已经消失了,松鼠们也躲了起来。只有一个浑身滚圆的灰色家伙,躺在那里,他的一根失去了光泽,同样是灰色的肢体被砍了下来,斜靠在他的身上。

巴克在幽暗的阴影里溜了过去,他的鼻子突然撞到了什么。巴克明显地用力拉了他一下,又推了他一下,然后凭着嗅觉在灌木丛中发现了尼哥。尼哥侧身躺着,显然是曾挣扎着爬向什么地方,而死在途中。一支羽毛箭穿透了尼哥的身体,箭的两端都露在了体外。

一百码开外,巴克走到了一只约翰·桑顿从道森买来的雪橇狗跟前。这只狗是在生死搏斗中被用大棒打死的,他就躺在路上。巴克没有停,绕过他。营地里传来了很多微弱的声音,高高低低地好像在唱着圣歌。巴克肚子贴在地面上,爬了过去,它看见了汉斯:脸向下趴着,像一只被羽毛箭射中而亡的野猪。与此同时,巴克向着一个方向凝视着,桦木小屋里所看到的东西使他生气,毛发直立,难以抑制的一阵狂怒席卷了他的全身。他不知道自己在咆哮,那是可怕而恐怖的咆哮。这是有生以来,第一次容许他的愤怒喷涌而出，因为他热爱的约翰·桑顿失去了他的脑袋。

正在桦木小屋外面跳舞的印第安人听到这令人恐怖的咆哮，看到一只他们从来没有看见过的，如同旋风般扑向他们的动物。巴克扑向了印第安人的首领身上，绝妙地撕开了他的喉咙，使他颈部的鲜血喷涌而出，并凶残地撕开他的身体。接着，他又一跃而起，抓住第二个人，也撕开他的喉咙。他冲进这些人的中间，撕着、扯着、毁灭着，没有人能够抓住他。他迅速地跳跃着，藐视一切向他射来的弓箭。他的动作难以想象得快，而印第安人又是那样地混乱不堪，他们集聚在了一起，乱成了一锅粥。他们射出去的箭，没有一支射中。有一位年轻射手，猛地将一支枪投向跃起在空中的巴克。枪的力道很大，以至于穿过了另一个年轻射手的胸脯，穿透了他背后的肉，扎在了地上。印第安人大惊失色，惊恐万分地逃向森林。一路跑一路惊呼："魔鬼来了！魔鬼来了！"巴克真的是魔鬼的化身，他疯狂地奔跑着，像拖那头大公驼鹿一样，从森林中将印第安人拖出来。印第安人四处逃命，直到一周以后，那些成功逃生的人聚集到一个低谷中，悲伤地数着他们损失的人数。

巴克不知疲倦地追赶着……最后回到那个令他悲哀

的营地。他找到了皮特。他被杀死在毯子里,满脸露着惊恐的神色。桑顿奋不顾身地搏斗、挣扎的痕迹在地上历历在目。巴克凭借着气息查找着每一个细节,一直走到深深的池塘边上。斯歌特躺在那里,头和前腿浸泡在水里,他一直战斗到了最后。河水从水闸边流过来,翻卷着金沙,又渐渐地变清。浑水里藏了不少东西,包括约翰·桑顿的头。巴克跟着桑顿的头的气味走进水里,周围再没有别的了。

巴克在池塘边沉思了一整天,不停地转来转去。他知道,死亡就是运动的停止,就是活力从活物体中离开,剩下一个无声无息的躯体。约翰·桑顿死了,这让他无限悲伤。这种悲伤的感觉有点像饥饿,可是饥饿能够用食物来填补,可是悲伤却只能无尽地疼痛下去。他偶尔凝视那些印第安人的尸体,这时才能暂时忘记这些疼痛。同时,也陷入自我信心膨胀之中。他杀过人了!这是一种高贵的游戏。他好奇地闻着这些尸体,他们死得太容易了!杀死一条声嘶力竭的狗要比杀死人费事多了,人和狗在被杀死这一点上一点儿都不一样。要不是人有弓箭、木棒和枪,他们就没有什么了不起。从今往后,巴克再也不用怕这些人了,除非他们手里正好就拿着弓箭、木棒和枪。

夜幕降临了，一轮明月高高地挂在树梢上的夜空里。月光洒在大地上，沐浴着这魔鬼般的土地。巴克坐在池塘边，心中涌上了一阵阵的悲哀。巴克在这座森林里变得全身充满活力，涌动着一股股新的生命之力，这是印第安人给他造就的。他站了起来，倾听着、嗅着。远处传来一阵弱弱的尖叫声，紧接着又传来了这种尖叫的大合唱。声音越来越近，这让巴克回忆起了另一个世界。他走到了林中央，倾听着。这是一种呼唤，他多次领教过这种呼唤，这种呼唤的声音里充满了太多的诱惑，且比之前更有吸引力。他过去从没有动心过，但是现在，他要遵从这种呼唤了。约翰·桑顿死了，人以及人的要求和束缚都不能再制约巴克了。

在那群驼鹿的侧面，是一大群狼。就像印第安人狩猎这群驼鹿那样，在吃完那些活驼鹿的肉后，这群狼跨过溪流和木材林，来到巴克所在的谷地。月光下，这群狼像一条流动着的银色的河流。

在开阔的中央，清清楚楚地站着巴克。他一动不动，像一尊雕像，静候着狼的到来。片刻的宁静之后，最勇敢的一只向他冲来。巴克像闪电一样跳了起来，猛地一口咬住了对方的脖子。然后他又站住了，一动不动。被咬破脖子的狼在他身后痛苦地滚动着。又有三只冲了过来,但是一只接一只,它们也退了回去,血从喉咙和肩膀上的深深裂口处喷涌而出。这下,整个狼群都向前猛冲过来,拥挤不堪。巴克以其不可思议的快捷,稳稳地挺住了。他以后腿为中心,快速地咬着每一只冲向前来的狼。他一次只咬一口,每一口都咬得快、深。很快,他前后就躺满了受伤不动的狼。他飞快地旋转着,保护着他的身体不受袭击。他被迫后退着,先退到了池塘边,又退到了小河湾的河床上,再退到高高的沙砾堆上⋯⋯他沿着河岸后退着,一直退到了在这里开矿的人挖就的一个角落里。在这个角落里,他可以获得三面的保护,只需要面对前方。

这个位置非常有利。半个小时候后,狼乱纷纷地后退了。在溃败中,它们发出的所有语言和音调都衰竭而软弱,白色的獠牙在月光下闪着寒冷的光。一些受伤的狼努力地抬起头来,向上支着耳朵;另一些趴在那里看着巴克;还有一些在池塘里喝水。一只狼,身材高大,好奇而冒险地用一种友好的方式向巴克看着。巴克认出来了,就是那位和他一起奔跑了一天一夜的木头兄弟。木头兄弟悲切地、软软地叫着。巴克也悲叫了一声。他们的鼻子碰在了一起。然后,一只满脸憔悴、满身伤疤的老狼,慢慢地向他们走来。巴克扭了一下嘴唇,准备咆哮。

木头兄弟用鼻子闻了闻他。那只老狼坐了下来,朝着月亮,发出一声长长的号叫。其余的狼都坐了下来,也都号叫了起来。现在巴克不会弄错了,他听出了,这种声音就是呼唤之声。他也坐下来,号叫起来。之后,狼群一个个走了过来,用那种半是友好、半是野蛮的方式闻着他。领头的狼兴奋地尖叫了一声,猛地转身冲向了森林。尖叫声形成了大合唱,巴克也跟在它们后面,和他那位木头兄弟肩并肩地跑进了大森林。他跑着、跳着、号叫着……

巴克的故事,可以圆满结束了。

过了几年之后,印第安人注意到,森林里的狼有了变化。这些狼中有一些的头上和口、鼻四周都有棕褐色的毛发在闪耀,而在胸口下半部则有一条白色的色条。然而,更为异常的是:印第安人经常讲起一条鬼狗,它比所有的狼都动人、狡猾。它经常在最寒冷的冬天从他们营地里偷东西;掠夺他们的食物;杀死他们的看家狗;对他们最勇敢的猎手都视而不见。不仅如此,当印第安人的猎手在外跑了一整天,空着双手疲乏地走回营地时,他们发现那些留在营地里的族人的喉咙被残忍地撕开了,雪地上到处都是狼群的痕迹。每年秋天,当印第安人跟随在那些驼鹿后面,他们就肯定会走进一条他们从没有进去过的山谷。于是就有谣言传来,这些山谷是鬼怪为他们精心挑选好的，为了让他们安息。女人们听到这些话，都悲伤不已。

有好几个夏天，都会有一位参观者来到这个印第安人不认识的山谷。这个参观者是一个巨大的、有一身极为华丽皮毛的狼。它独自跨过了那块木材之地，坐在树丛中开阔的中央。一股黄色的液体从腐烂了的驼鹿皮囊下流了出来，黄液流过的地方长出了一溜长长的青草，青草也向远处的沃土蔓延过去，在阳光下泛着泥土的黄色。这位参观者沉思一会，然后就仰头长啸，是那么悠长、悲伤……

随后，它慢慢地离开……

它不是孤独一身，当冬夜来临，狼在猎取食物而走进这个低谷时，就能看到它奔跑在狼群的前面。在苍白的月色下，或是黎明的晨曦中，这位参观者领着它的部下大步地跳跃着。只要它响亮的喉咙一声高呼，狼群就唱起了一支年轻的狼之歌！

红魔假面舞会
——爱伦·坡短篇小说选

公主的生日
——王尔德短篇小说选

橄榄园
——莫泊桑短篇小说选

脖子上的安娜
——契诃夫短篇小说选

他是否还在人间
——马克·吐温短篇小说选

图书在版编目(CIP)数据

黄金谷——杰克·伦敦短篇小说选/〔美〕杰克·伦敦著;何媛媛,李昂译.—上海:
复旦大学出版社,2011.1
ISBN 978-7-309-07758-2

Ⅰ.黄… Ⅱ.①杰…②何…③李… Ⅲ.短篇小说-作品集-美-近现代 Ⅳ.I712.44

中国版本图书馆CIP数据核字(2010)第240498号

黄金谷——杰克·伦敦短篇小说选
〔美〕杰克·伦敦 著 何媛媛 李昂 译
出品人/贺圣遂 责任编辑/孙晶 史元明

复旦大学出版社有限公司出版发行
上海市国权路579号 邮编:200433
网址:fupnet@fudanpress.com http://www.fudanpress.com
门市零售:86-21-65642857 团体订购:86-21-65118853
外埠邮购:86-21-65109143
浙江新华数码印务有限公司

开本787×1092 1/32 印张6.875 字数107千
2011年1月第1版第1次印刷

ISBN 978-7-309-07758-2/I·583
定价:20.00元